いばらの冠

ブラス・セッション・ラヴァーズ

ごとうしのぶ

white heart

講談社X文庫

目次

イラストレーション／おおや和美

いばらの冠

ブラス・セッション・ラヴァーズ

幻の美少年。
あまりに完璧《かんぺき》な美少年なので、ＣＧではないかとの噂《うわさ》すらあった。

世界に誇る日本の超一流オーディオ機器メーカー〝ナカザト音響〟の基本はホールやスタジオなどプロ向けなのだが一般ユーザー向けの機器も作っており、毎年更新されている一般向け総合パンフレットにモデルとして登場している少年が、一部界隈《かいわい》の人々の間で、たいそう有名であった。

幼児なのにスラリと手足が長く、顔も美しく整い、その目力の強さと、なによりポーズや視線がバッチリと決まり、どこの芸能事務所の所属モデルだろうかと探ってもどこにも該当する子どもがいない。だが毎年更新される総合パンフレットには少しずつ成長し益々《ますます》魅力的になる少年の姿が掲載されていた。

正体があきらかになったのは彼が小学校五年生のときに参加した全国音楽コンクール、トロンボーン部門の決勝の舞台である。

会場である文化センターの中ホール。

壇上に現れた手足の長い、ひときわ頭のちいさな美少年に、まだ小学生の小柄な彼が手にしているF管のないシンプルなテナートロンボーンに、人々はまず、どよめいた。

トロンボーンは、金属製のマウスピースから息を吹き込み、スライド（管）を前後に移動させて演奏をする金管楽器である。

第一から第七ポジションへ半音ずつ下がってゆく、その七つの位置の（ひとつの位置につき二オクターブの範囲の）全部で（基本的には）二オクターブと五度の音域を持つ楽器で、一番手前の第一ポジションから第六ポジションまではさておき、大人でもなかなか手が届かず、使いこなすのが難しいのが第七ポジションである。スライドを、マウスピースから先、停止帯管より六十センチほど向こうへと伸ばすのだが、それは成人男性の腕で、どうにか届く距離なのだ。

よって、手（人差し指なり中指なり）とスライドの支柱とを、長さを測った紐《ひも》で縛り、第七ポジションのときにはパッと向こうへ放つというアクロバティックな奏法もあるにはあるが、通常は、（他のコンクール参加者のように）切り換えのバルブによって低音を効率良く出すことのできる、空気の迂回《うかい》機構であるF管が装着されたテナーバストロンボーンが奏者に選ばれることが、圧倒的に多かった。

F管のないテナートロンボーン、第七ポジションを吹くときのみ、スライドを自在に操っていた親指人差し指中指の三本を支柱から離し、瞬時に人差し指と中指の先で器用に挟むよう持ち替えて（失敗したら、正しい音程を取れないばかりか、スライドが勢いのまますっぽ抜けて床へ落ちてしまうリスクさえあるのに）長さを稼ぎ、紐を使うよりももっとアクロバティックでありながら、最後の最後まで正確にスライドを操り、そうして緻密《ちみつ》で豊かな音楽を奏でたステージ上の彼へ、ホールに居合わせた全員が度肝を抜かれ、釘付《くぎづ》けになった。

ナカザト音響の御曹司、中郷壱伊《なかざといちい》。

幻の美少年は実在し、以降、ナカザト音響の総合パンフレットから彼の姿は消えた。

——人は
ある恋を隠すこともできなければ
ない恋を装うこともできない
サブレ夫人（フランス・サロン女主人・一五九九～一六七八）

視界がぼやける。

「……疲れ目？　かな？　あ、汚れか」

涼代律《すずしろりつ》は無意識に黒縁のメガネを外し、これまた無意識に、蓋《ふた》を開けたまま足元の床に直《じか》置きの楽器ケースにぽんと投げ入れておいたクリーニングスワブに手を伸ばし、レンズをささっと拭《ふ》いて掛け直し、「——しまった、またやっちゃった」

と呟《つぶや》いた。

レンズが曇ってしまって余計に見えない。

手にしたのが、トロンボーンの金属部分の汚れを拭くためのスワブであった。オイルの黒い染みがあちらこちらにある。

「面倒でも、やっぱ、あっちか」

ケースの向《む》こう側《がわ》に置いておいたリュックの外ポケットから、「んしょっ、と」と、大きく腕を伸ばしてメガネ用の拭き取り布を取り出す。

これまた無造作に外ポケットに突っ込んでいるものだ。

視界はすっきり、の、はずなのだが、

「……レンズのせいじゃなかった」

音符がぼやけて見えるのは。

コンタクト組にはあまり縁がないかもしれないが、メガネ組には避けては通れぬ眼精疲労。眉《まゆ》を寄せ、しょぼつく視界のまま尚《なお》もじいっと楽譜を見入る。

「ダメだ。もっとこっち、おいで」

足にぶつからないよう気をつけて、折りたたみ式の譜面台を、もうこれ以上は引き寄せられないくらいに手前に寄せる。

カーボン製なので金属の物より重くはない。ガチャガチャと金属のパーツがぶつかるウルサイ音がすることもない。が、軽いので、ふとした拍子に（楽譜がたくさん立て掛けてあったりすると）重心がぶれてぐらりとする。

ばっさー、と、バランスが崩れた瞬間に楽譜が床へ散らばった。

「あ……」

やってしまった。

すべての粗相が想定内で、驚きはしないが、我ながら、——ひどい。

律は、大事な大事なトロンボーンには傷ひとつたりとてつけたくないので、最も安全な場所に最も安全な形でそっと置くと、腰を屈《かが》めて、せっせと楽譜を拾って譜面台へと並べ直した。

音符がぼやけて見えるのは眼精疲労だとして、だがしかし、もともとの乱視が進んでいるような、——いやいや、進まないでくれ。乱視用のメガネは高いのだ。買い替えとか、今は、無理。

わかってる。合わないメガネで細かな音符を延々と集中して読み続けているから、必要以上に目が疲れてしまうのだ。

わかっちゃいるが、律には、メガネはぽんと買える代物ではない。

「……アルバイト、増やせるかな」

メガネを買ってくれなどと、とても親には頼めない。それでなくても音楽大学に通うのには、学費以外になにかとお金がかかるのだ。

　音大《ここ》には、値札を見ずにぽんぽんと買い物をする実家レベルの学生がそこそこいるが、律は私立の高校から私立の音大へと進学させてもらったものの決して余裕しゃくしゃくだったわけではない。律の実家は残念ながら潤沢な資産家などではなく、一般の普通のサラリーマン家庭なのである。

　都内近郊の私立桜《さくら》ノ宮坂《みやさか》音楽大学。

　緑の多い広大な敷地《しきち》に複数の建造物が建ち、そのうちのひとつ、有料チケットでの予約制個人練習室がずらりと並ぶ棟には、どの部屋にも壁には吸音材が（天井にも）張り巡らされているので、さほど広さのない部屋であっても楽器の音が反響して練習の妨げになるようなことにはならない。

　広めの練習室にはグランドピアノが置かれ（なので、専らピアノ科の学生が利用している。ピアノ科は学生の数が断トツに多いので競争率は凄《すさ》まじい）、やや狭めの練習室にはアップライトピアノが。声楽専攻ならばピアノ伴奏者と合わせるのが練習の大事な一環となるが、弦楽器や管楽器は必ずしもそうではない。自分だけ、単体で、弾き込んだり、吹き込んだりする。

「……これはあれかな、嫌いな練習から逃げるなという天からの啓示かな」

　細かな音符をガン見しなくてもできるロングトーン（フルブレス）の練習。

第一ポジションだけで七つの音を吹き分けることができるので、スライドは固定で、低い方から高い方へひとつひとつの音をアンブシュア（口の形）を変えるだけで吹き分け、且《か》つ、できるだけ安定した音で吹き続ける。自己流だが効き目のある方法として、一音につきタンギングを使って二拍、低音から上がって行って七つ目の高音をぎりぎりまで伸ばす。で、ワンセット。それを、今度は高音から低音へと戻ってきて最後の低音をぎりぎりまで伸ばす。それを、それぞれのポジションで。

呼吸の限界に挑むような苛酷《かこく》な練習。最後は息を吐ききるので、まったく使いものにならない音も混じってくる。

だが気にしない。

とにかく鳴らす。鳴らし続ける。

口の周りの筋力の限界、ぎりぎりを、少しずつ、延ばしてゆく。もう無理だ、と感じたならば、感じてからが、練習の肝である。演奏では絶対に使えないどんなにおかしな音になっても根性で鳴らし続ける。筋力トレーニングのために。

そうやって自分の限界値を地道に押し広げてゆくのだが、そんなこんなで、とにかく、しんどい。おまけに音の並びとしては実に単調。──つまらない。

つまらないが、重要な基礎練習であり、運動選手でいうところの日々の体力作りでもあるのだ。

毎日、積極的にやるべきだし、

「……低音、苦手だし。——やらなきゃダメ……だろうな」

だが、気が重い。

好き嫌いを言ってる場合ではないことは、わかっているけど、——気が重い。

と、ドアに強めのノックの音がして、——おかげで気づけたのだが、律は、ぼんやりと耽《ふけ》っていた思考から、ふっと現実に戻った。

振り返ると、練習室のドアの目の位置あたりにある嵌《は》め殺《ごろ》しの透明ガラスの小窓から、見知った顔が中を覗《のぞ》き込《こ》んでいた。

いい？

と、彼の口が動く。

律がこくりと頷《うなず》くと、

「お邪魔します。ごめんね涼代くん、練習の邪魔をして」

すまなそうに、友人で、同じトロンボーン専攻で、加えて同門の（同じ指導教授に師事している）野沢政貴《のざわまさたか》が入室してきた。

彼の手にはトロンボーンの楽器ケースが。——これから練習するのかな、もう終わったのかな。

「大丈夫だよ野沢くん、視力の限界がきてて、ぼーっとしてたから」

律が笑ってみせると、

「もしかして、度が合ってないとか？」

政貴が律のメガネを指した。

「度は、合ってるんだけど」

律の返答に、

「そうか、涼代くん、ひどいのは乱視だけか」

「うん、そう」

やや近眼っぽいが、それはぜんぜんたいしたことはない。メガネなしの裸眼でも像がぼやけることはないし。ただ、だぶる。くっきりと、斜めの方向に。

夜空の月がふたつ見えるのは基本だし、細かな音符などは疲れてくるとメガネをかけていても五線譜の上でわちゃっとくっついてしまう。

眼精疲労でぼやけてしまうのは、なので、近眼のせいではない。

やはり、もう少しきつめに乱視を矯正するメガネをひとつ、作っておくべきなのかもしれない。この四月に二年生になって課題も増え、これからますます根を詰める練習をせねばならないだろうから。

「そうだ、野沢くん、バイト、なにか募集してるとか、知らない？」

「合奏のエキストラのバイトとか？」

「うん。——僕の乱視だとコンタクトは無理って眼科で言われちゃったから、作るとしてもやっぱりメガネなんだけど、乱視用のメガネって容赦なく高いんだ」

「バイトではないんだけど——」

政貴は律と視線を合わせると、「涼代くんに頼みがあって」

と、切り出した。

「……頼み？」

途端に律の腰が引ける。

頼まれごとは苦手である。

なにをやっても、うまくこなせない。

協力するのはやぶさかでない。自分で役に立てるなら、なんだってしたい。だが、たいていうまくこなせない。

「交通費と謝礼ならそれなりに出せるから、もしゴールデンウイークに予定がないなら、また祠堂《しどう》につきあってもらえないかな。うちの吹奏楽部の指導を、ぜひ、手伝ってもらいたいんだ」

政貴の言う「うち」とは、私立『祠堂学院高等学校』のことで、一昨年卒業した野沢政貴の母校である。

「え？　や、……うん」

曖昧《あいまい》に返した律に、

「もしかしてゴールデンウイークには、園の吹部の指導に行く予定にしていた？」

政貴が気を回して訊《き》く。

一方「園」とは、私立『祠堂学園高等学校』のことで、一昨年卒業した涼代律の母校である。

祠堂学院と祠堂学園は兄弟校で、それぞれに吹奏楽部があった。

が、創部から数十年経《た》つ学園の吹部に対して、学院の吹部の歴史は浅く、僅《わず》か数年。

目の前にいる政貴が祠堂学院に入学してすぐに、まだ新入生でありながら孤軍（？）奮闘して創部に漕《こ》ぎ着《つ》けたという、創部の立て役者がまだ二十歳ですらないというレアケースであった。

少子化の激しい波に洗われていようと、たいていどの高校にも（文化部がどんなに激減していても）吹奏楽部は生き残っている。

その吹奏楽部が〝ない〟高校、というのがそもそも珍しいのだが、百年近い歴史ある祠堂学院は、人里離れた山奥にある全寮制の男子校で、創設された当時は生徒に御側仕《おそばづか》えがふたりまで許されていたという、良家の子息のみが入学を許された筋金入りのお坊ちゃま学校で、そこから数十年後に創《つく》られた祠堂学園は対照的に開けた街なかにある男子校で、それなりに学費は高いがさすがに御側仕え云々《うんぬん》ほどのお坊ちゃま学校ではなかったので、その違いが、部活の種類にも現れているのかもしれない。

学院に吹奏楽部がずっと存在していなかった理由は不明だが、ちなみに、学院にはラグビー部があるが、学園にはない。兄弟校だが、かなり持ち味は異なっているのだ。

そう。ということで政貴の、母校の吹奏楽部への想《おも》いは深い。

そして、政貴は律のことを知らなくとも、律は高校の頃から政貴のことを知っていた。吹奏楽部を立ち上げるなどという偉業を果たした同い年の生徒のことが、兄弟校で、それも吹奏楽部内で噂《うわさ》にならないわけがないのだ。――まさか同じ音大に進学し、同門になるとは予想もしていなかったが。

同じトロンボーンを専攻している同い年の友人だが、律にとって政貴は、ひどく眩《まぶ》しい存在なのである。

大学の入学試験、実技の試験日に構内で政貴をみかけた律は（あの野沢くんだ！）と、たいそう驚いたし、政貴は政貴で、同じ制服でネクタイのみ色違いの律をすぐに兄弟校の祠堂学園の生徒と気づき、きさくに話しかけてきた。

人見知りが激しくて引っ込み思案なところのある律にとって、社交的できさくな政貴の存在はとてもありがたく、以来、律にとって政貴は一番身近なライバルであり、大学で最も親しくしている友人でもあった。――ここにはいないが、政貴と同じ学院出身でバイオリン専攻の葉《は》山《やま》託生《たくみ》も含めて。

「いや、ゴールデンウイークには、行かない、けど……」

毎年秋に本選が行われる全国吹奏楽コンクールに向けて、まずは八月上旬の県大会進出を目指し、今年もゴールデンウイーク返上で毎日部活は行われるであろうが、後輩から指導の依頼はきていないし、卒業したばかりの年は皆こぞって顔を出したがるけれども、更に一年経つと（馴染《なじ》みがあるのは最上級生のみとなり、卒業したてのひとつ下の後輩たちが大挙して押しかけるとわかっているからか）なんとなく、足は遠のく。律も例外ではなかったし、頼まれもしないのに敢《あ》えて行く予定にはしていなかった。

律は部長などの役職こそ務めなかったが、――せいぜいが、トロンボーンのパートリーダーであった。楽器演奏が上手だから、とか、パートをまとめる力とか引っ張る力があったからではない。消去法でだ。三年生が部活を引退したあと、二年生には律の他にもうひとりトロンボーンがいたのだが、彼は副部長に選ばれていたのだ――母校の吹奏楽部に思い入れは、もちろん、ある。

が、さすがに政貴ほどの思い入れは持ち合わせてはいなかった。

愛があるかと訊かれたら、それは、あるに決まっているが、暇があれば、どころか、わざわざ時間をやりくりしてまで足繁《あししげ》く顔を出すほどの愛ではない。

律は政貴とは違う。

政貴にとって学院の吹奏楽部は、つまり、我が子のようなものなのだ。――その愛は、海より深い。

自分の代で取れなかった全国大会への切符を、なんとしてでも、後輩たちには取らせたい。——その一念の強さも、律とは違う。

さておき、政貴からまた祠堂（学院）に、と誘われて、律はひやりとした。——学院には、あの子がいる。

「なら涼代くん、学園に行かないなら——」

「は、葉山くんもまた行くんだろ？　他の楽器、あ、他の人も、誘ってるんだよね？」

遮るように口を挟む。

去年、初めて指導者のひとりとして祠堂学院を訪れたときには葉山託生も一緒だった。

自分はバイオリンのことしかわからないので吹奏楽で使われる楽器の専門的なアドバイスはできないが、なにかしら力になれるかもしれない、と。

他にも、祠堂の卒業生ではないが大学の仲間の何人かで、指導に赴いた。

「葉山くんは、さすがに誘えないよ。大袈裟《おおげさ》でなく、人生を懸《か》けて、特別交換留学生の選抜試験のために毎日猛練習しているから」

「葉山くん、特別交換留学生、狙《ねら》ってるのかい？」

律は驚く。「まだ二年生なのに？」

大学が設けている海外の音大との交換留学制度には二種類あり、諸費用が全額免除とな

る特別交換留学生の選抜試験は、超絶な〝狭き門〟であった。ライバルの絶対数が多いだけでなく対象が全学年なので一年生などまず選ばれない。二年生で選ばれるのもごくごく稀《まれ》である。

「寝る間も惜しんで練習しているよ」

「……すごいな」

そうまでして海外に留学したいと思ったことのない律は、素直に感心してしまう。「あれ？　野沢くんは留学、狙わないのかい？」

律には、国内の、この大学の中だけでも、いっぱいいっぱいなのだ。トロンボーンだとどの国に留学すると良《い》いのか、とか、それすらもわからない。

「俺は、留学よりも母校の吹部を、どうにかしたいから」

「……そうか」

そうだね。訊くまでもなかったな。

「でね、だから涼代くん──」

話が戻る。

「いや、野沢くん、僕なんかが行っても……」

律は咄嗟《とっさ》に否定して、否定したものの、我ながら、セリフの情けなさに言葉が続けられなくなった。

僕なんかが、なんて、そんな自虐的な言い方、すべきではないのに。

ほら、野沢くんがみるみる困った表情になった。

彼は違う。消去法で、律に頼みにきたわけではない。野沢政貴は、ちゃんと相手の腕を見込んでものを頼む人なのだ。

「……た、たいして役に立たないんじゃないかな」

「そんなことはないよ。だって涼代くん、専攻のトロンボーンだけでなく吹部のすべての楽器に明るいじゃないか。知ってのとおり、祠堂学院の吹部は卒業したOBが、まだ数えるほどしかいないし……」

――ほら。

ほら！

わかっているのに。

高校時代、トロンボーンの演奏は特段上手だったわけではないが、トロンボーンだけでなく、吹奏楽で使われるすべての楽器に興味があった。吹奏楽そのものが好きで、だから使われているすべての楽器も好きだった。なので自然と、部員の、他の楽器の演奏を観察していた。

そのことを政貴は見抜いていて、――なのに。

「ごめん！」

でも、祠堂学院の吹奏楽部にはあの子がいる。

それもトロンボーンに。

彼を思い出すだけで胃がきゅうっと縮んで、いたたまれなくなるんだ。

ごめん、野沢くん。

「ごめん。……力になれなくて、ごめん。……あの、この部屋、返却の時間が近いから、練習、再開してもいいかな」

畳み掛けるように言うと、政貴は困ったような表情のままちいさく微笑《ほほえ》んで、

「こっちこそ練習の邪魔をして、──無理言って、ごめんね」

食い下がることなしに、それじゃ、と練習室から出て行った。


生徒全員が寮生活を送っている祠堂学院では自由は制限されている。そのうちのひとつが外部との電話、通信全般だ。

基本的に携帯電話等は禁止。（所持はさておき）使用禁止であるだけでなく、そもそも電波が圏外なのである。

寮の一階にボックスで仕切られた公衆電話がいくつか設置されており、こちらからかけ

てもいいし、外部からかけてくることもできた。その場合は電話当番がいて、寮内放送で当該生徒を呼び出してくれる。

現在の祠堂学院吹奏楽部部長、三年生の中郷壱伊。呼び出し放送から二分以内に電話に出た俊足の持ち主だ。

「中郷が部長なら、新入部員の勧誘は楽勝だっただろ？」

四月も半ばとなると、ぽつぽつと一年生（新入生）たちの部活が固まり始める。

政貴が部を立ち上げたばかりの頃は勧誘は正直、厳しかった。

高校でも吹奏楽を続けたいのならば、志望校の選択肢に吹奏楽部のない祠堂学院が入らないからだ。どこの高校にも中学で吹奏楽部だった生徒は少なからずいるであろうが、学院はその限りではなかったので、部員を勧誘したくとも経験者が圧倒的に少なかったし、吹奏楽に興味のある生徒も少なかった。

政貴の下の学年からは少しずつ状況が変わってゆき、決定打は中郷壱伊の学院への入学である。

あのトロンボーン全国覇者の中郷壱伊がいる吹奏楽部。――否《いや》が応《おう》でも注目される。現在も、注目され続けている。

「入部希望者はそれなりに多いんですけど、うーん……」

壱伊は考えて、「……楽器が偏っちゃってて、また揉《も》めそう」

「そうか、今年もか……」

政貴は我がことのように悩ましげに返す。「中郷効果で、去年もトロンボーン志望者が多かったものなあ。他の楽器に振り分けるとしても、せっかく中学で三年間トロンボーンをやっていて、高校からは別の楽器でって、なかなか納得できないよね」

おまけに皆、自前のトロンボーンを持っている。祠堂まで持ってきている。

「そう思うとつくづく野沢先輩は凄《すご》いです。部の楽器のバランスを整えるために大好きなトロンボーンをすっぱりと諦《あきら》めて、ずーっと他の楽器を担当してたことも。それから、音大受験で、やっぱりトロンボーンを吹きたいって猛練習して、見事にトロンボーンで合格したことも！」

「はは。俺のことはいいよ、中郷。あんまり持ち上げられても照れ臭いだけだから。それより、ゴールデンウイークの練習計画はもうできてるんだろ？」

いくらOBで創部の功労者であろうとも、勝手に部の練習に押しかけるわけにはいかない。政貴は常にスケジュールを確認し、打診してから祠堂を訪ねるようにしていた。

先輩による、突然部活に顔を出しサプライズして喜ばせる（前提で）、とか、芸能人の部活訪問じゃあるまいし、普通は迷惑な行為である。

学院の吹奏楽部にも顧問はいるが、政貴が在学していた時点で顧問よりも政貴の方が吹奏楽には詳しかったし、政貴の次の部長も、そして壱伊も、顧問よりは吹奏楽に詳しい。

お飾りの顧問というほど形だけでもないのだが、練習内容もスケジュールも（なんなら楽器業者との交渉も）部員の方がうまく対応できるので、――もともと祠堂学院は生徒の自治力が高い高校なのである。寮の階段長しかり、生徒会しかり――生徒に丸投げしてはいないが、通常は部長副部長の仕切りで動いていた。

祠堂を訪ねる日時と、指導するポイントを確認してから、政貴は、

「ところで中郷壱伊。きみ、涼代くんに対して、なにか、しでかしてないか？」

訊いてみた。

電話の向こうの壱伊は弾《はじ》けるように笑って、

「だから野沢先輩、前からお願いしてますけど、マジで、フルネームで俺の名前を呼ぶのやめてください。――怖いから」

いつものトーンでフルネームで呼ばれても怖いし、声を改めて呼ばれたならば心底ビビる。それから優しい口調での〝くん〟付けも怖い。中郷くん、も怖いけれど、壱伊くん、などと呼ばれた日には、この世の終わりかもしれない。

ひとしきり笑ってから、壱伊はわかりやすくスッと黙ると、

「やっぱり俺、なにか、しでかしてましたか？」

逆に尋ねる。

「やっぱりってことは、しでかした自覚はあるんだ？」

「あー……、失礼なこと、言っちゃった、かも、しれないんで」

「——失礼なこと？　って、涼代くんに何を言ったんだい？」

「涼代さんの低音の出し方について、前から気になってたんで、つい、ぽろっと」

筋金入りの御曹司。祠堂学院ではさほど珍しくはないけれど、中郷壱伊クラスの御曹司は、世間全般では珍しい。

その育ちの良さ故なのか、誰が相手でもまったく物怖《ものお》じしない壱伊は、素直で、見栄《みえ》やてらいなく、感じたことや思ったことを屈託なく、そのまま口にしがちである。

善くも、悪くも。

「ぽろっと、なにを？」

……ああ、嫌な予感しかしない。

「低音吹くとき無意識に下を向く癖、いい加減、直した方がいいですよって」

いい加減？　って、おい。

——おい。こら、中郷。それ、いい年していつまでも下手クソのままでいないでくださいね、の、意味合いじゃないか。

ああ、なんてことを！

「教えてもらっている立場で、教えてくれている人にダメ出ししたってことかい？」

「すみません」

「……もう」

政貴は呆《あき》れた。

しかもね、きみ、あまり自覚がないようだけど、小学生で、全国規模の音楽コンクールで並み居る年長者をらくらく抜いて優勝するなどという、とてつもない天才っぷりを発揮しておいてね、それをね、トロンボーンを志すほぼほぼ同年代（壱伊が小学生のときには既に中学生であったが）の俺たちが、よもや知らないとでも？

とんでもない実績に皆が一目置いている。

その壱伊から発せられる言葉は〝別格〟なのだ。

他の誰かの指摘ならば、よしんば痛いところを突かれたとて、さほどのダメージにはならないだろう。だが、壱伊は別だ。本人にまるきり他意はなくとも、受け取る側が勝手に言葉に〝重さ〟を上乗せしてしまう。

律によれば――。

高校二年生の三学期に、あの中郷壱伊が祠堂に入学してくるらしい！　との噂が音速で飛び交って、祠堂学園吹奏楽部は騒然としたそうだ。皆の熱い期待をよそに、祠堂は祠堂でも入学したのは学園ではなく学院だったというオチなのだが。

当の壱伊は、もうトロンボーンは充分やって気が済んだので、高校からは別の部活（運動部）に入ろうと思ってました。とか、さらりと言う始末で。

政貴との出会いが高校でも吹奏楽を続けようかなという気にさせたそうなのだが——部長である政貴が、楽器のバランスを整えるために大好きなトロンボーンを諦めて他の楽器を担当していたことが、壱伊的にグッときたポイントらしい。

ついでに言うと、壱伊よりも年下か、同級生か、年上かで、プレッシャーの度合いが変わる。もちろん年上にかかるプレッシャーが最も大きい。——これまた勝手にこちらが感じてしまうのだが、たとえ一歳違いでも〝年長者の沽券《こけん》〟は発動する。ふたつ年上なら尚のこと。

ともあれ、いろいろと自分たちと壱伊とでは次元が違いすぎていて、さすがにこちらの低さに合わせろとは言えないのだが、存在そのものが既に他者への無言のプレッシャーだというのに短所を指摘するなどと、更に圧を上乗せしてどうする。

壱伊目当てで吹部に新入生が入ってくる現実を目の当たりにしているにもかかわらず、自分の持つかなりの影響力に、どうしてこう（いつまで経っても）無頓着《むとんちゃく》なんだ。困ったヤツだな、まったく。

ということを、これまでも事あるごとに、口が酸っぱくなるまで伝えているのに、相変わらずで。

政貴は、

「……ホント、勘弁してくれよ」

と、脱力した。

己のハイスペックを鼻にかけられてもうんざりするが、まったく自覚がないのも困りものである。

その壱伊を軽く凌駕《りょうが》するとてつもなくハイスペックの御曹司が政貴の学年にいたので、自然と壱伊が自分を低く見積もっている可能性は否定できない。

通称ギイこと、崎義一《さきぎいち》。

葉山託生が特別交換留学生のニューヨークの枠を狙い、死ぬほどバイオリンを練習している〝動機〟でもある。

ギイに比べれば壱伊ですら存在が霞《かす》む。

だが、それとこれとは別の話だ。

現在、祠堂で最も存在感があり、影響力があるのは中郷壱伊だ。

壱伊より下の学年の二年生と一年生はギイを知らない。名前は——噂ならば、死ぬほど耳にしているだろうが、本人に会った者はいない。

入学してすぐに〝崎義一〟という洗礼を浴びた壱伊たち現在の三年生には、ひとつ上の学年に祠堂の〝絶対的王子様《プリンス》〟と呼ばれた〝真行寺兼満《しんぎょうじかねみつ》〟という先輩までいて——祠堂学院文化祭名物の文化部対運動部の演劇バトルで一年生のときに王子を、二年生では帝《みかど》を、三年生でも王子の役をこなした、特別な存在感を放つ先輩であった。

華やかな先輩たちに負けず劣らず、ではなく、実は祠堂学院の長い歴史の中でも間違いなく上位に入る実家レベルの高い学年が壱伊たちの学年であり、実家を鼻にかけてつけあがったところでやむを得まいと周囲が諦めるレベルの子息がズラリと揃《そろ》っているのだが、上には上が、それも遥《はる》かに上が、と、出端《でばな》を立て続けにがっつりと挫《くじ》かれているので、むしろ、とても落ち着いた学年であった。

意外なことに。

「や、だって、基本ですよ?」

壱伊が弁解する。「低音吹くとき、つい下、向きたくなるのは、人情っていうか、その方が出やすいんじゃないかと錯覚しているだけで、顎《あご》を引きすぎるから、実際には姿勢が悪くなって気道もおされて、マウスピースのカップの側面に息が当たって散っちゃって、結局スロートには——」

「それはそうだけどね!」

政貴は強めに遮って、「中郷からしたら大方の音大生のトロンボーンの演奏なんてダメダメのダメダメだろうけど、わかるけど、それ、やっちゃダメなやつだろ?」

「——はい」

壱伊は頷き、「わかってます。反省してます」

と、続けた。

とある切実な事情により友人の葉山託生が今、死に物狂いで狙っている特別交換留学生の枠を、もしかしたら壱伊ならば一年生でありながら得ることができるかもしれない、それくらいの〝レベル〟と〝格〟の違い。

ふむ、なるほどね。

「それで、ゴールデンウイークには涼代さんも〝また〟指導にきてくれるんですか、と、この前の電話で、俺にわざわざ確認したのかい？」

「そうです」

「もし涼代くんが指導にきてくれたなら、そのときにちゃんと詫《わ》びを入れたいと、つまりそういうことかな？」

「はい。そうです」

潔い返事。

確かに反省はしているのだな、中郷壱伊よ。

だがしかし。

「――ちゃんと詫びを入れられるのか、中郷？　詫びたそばから、またダメ出ししないだろうね」

「それはわからないです。気になったらまた、なにか言っちゃうかもしれません」

あっさり答える壱伊に政貴は頭を抱えた。

この子は、もう。

素直なのも大概にしてもらいたい。――が。

「あれ？　気になったら、って、でも中郷、きみ、ケチつけるほどには他人の演奏に興味ないじゃないか」

誰に演奏の出来を問われても、

『んー？　いいんじゃない？』

と軽く流す。

本気で他人の演奏について語る壱伊の姿など、政貴はまだ一度も見たことがない。

壱伊にすれば、おそらくすべての演奏がボーダーより下で、それが〝下〟のどの位置なのか、には関心がないのだろう。すべてが不合格。不合格の演奏には優劣も順位もない。ただの〝不合格〟だ。

その壱伊が、なぜか政貴のトロンボーンは好きだと言う。しかも一度もダメ出しされたことがない。野沢先輩の出す音はどんな音でも全部好きと言い切るのだ、政貴の演奏が抜群に素晴らしいわけでは（残念ながら）ないのに、である。――壱伊のセンスは変わっているし、正直、政貴は理解に苦しむ。

親友（で、現在は壱伊の頼もしき右腕でもある副部長）の渡辺綱大《わたなべつなひろ》が吹くアルトサックスでさえ、

『イチ、今のどうだった？』

との問いかけに、

『ツナの今の演奏？　いいんじゃない？』（にっこり）

である。

ろくすっぽ聴いてもいないし、実に無責任なのだ。

祠堂に入学してすぐに、壱伊が初心者の渡辺綱大を吹奏楽部へ強引に引き込んだくせにケアはぞんざい。

さすがに（本人以外の部員の全員一致で選ばれた）部長になってからは、本来の抜群の耳の良さや音楽のセンスを発揮して、部員へ的確な演奏のアドバイスもするようになったのだが、基本的には無関心なままなのである。

その壱伊が、律の低音の出し方について、前から気になってたと、さっき言わなかったか……？　おまけに、頼まれてもいないのに、わざわざダメ出しとか。

『涼代さんの低音の出し方について、前から気になってたんで、つい、ぽろっと』

ぽろっと、なにを？

『低音吹くとき無意識に下を向く癖、いい加減、直した方がいいですよって』

いい加減、の部分にはもちろん、いつまでも下手クソのままでいないでくださいね、の意味は含まれているのだが、それはさておき、ということは、前から〝ずっと〟気にしていたのか？

——ずっと？

あの壱伊が？

他人の演奏を？

しかも、やや腹立たしげな口ぶりで？

無関心の権化が？

えええ？　なにごとだ？

「なあ中郷？　誰の演奏にも興味がないのに、どうして涼代くんのトロンボーンにそんな突っ込みを入れたんだい？」

「いえ？　誰の演奏にも興味ないなんてことはないです。野沢先輩の演奏には、今でもバリバリに興味あります！」

ぶれない壱伊が即答する。

「はいはい。俺のことはいいから。ど、どうして、涼代くんの演奏にダメ出ししたの」

壱伊のことだ、意地悪とか、そういうのではないだろう。

「それは……、惜しいなって思って」

イラッとした。

「——惜しい？」

「全部が下手ならまったく気にならないんですけど、涼代さんのは、ちょっとだけ残念だから惜しいなって思っちゃって」

なぜかイラッとしたのだ。

どんなに下手クソな演奏を聞かされても苛《いら》ついたことなどないのに、好みでない演奏に触れても苛ついたことなどないのに、なぜかイラッとしたのだ。

そのイラッをずっと引きずっているのがキモチワルかったから、前回指導にきてくれたときのパート練習の最中に、本人に直接伝えた。伝えて自分のイラッは多少解消されたのだが、──律は一瞬にして固まった。

「言い方は？」

「はい？」

「さっきの、そのまんま、口にしたのかい？」

「そうですけど」

「つまり、ズバリと指摘したってことかい？」

「だって、回りくどく言うの、むしろ伝わらなくないですか？　はっきり指摘しないと、どこをどう直せばいいか、わからないですよね」

「それ、同じ部の、後輩に対してやることだろ。年上の、百歩譲って同じ部の先輩へならともかく、兄弟校とはいえ他校出身の、しかもわざわざ指導にきてくれた人に対してすることじゃない」

「──はい。でも」

「でも？　なに？　やっぱり反省してないだろ」

「反省は、してます」

　そうだった。失礼なこと言っちゃったと、壱伊は言った。失礼なことをした自覚はあるし、ずっとそのことを気にしていた。

にこにこと、いつでもご機嫌で抜群に人当たりは良いのに、実際には他人に対してまったく関心のない壱伊が。

　珍しいこともあるものだな。

「だったら、指摘したくなったら次からは、せめて、時と場所と言い方をちゃんと選びなさい」

「でもその場ですぐ言わないと、さっきの音なんだけどさ、なんて後から言っても、どこのなにがなんだかさっぱりわからなくないですか？」

「あのね、中郷、その場ですぐって、犬のしつけじゃないんだから勘弁してくれよ。相手は、まがりなりにも音大生だよ？　それもトロンボーン専攻の。後々の指摘でさっぱりわからないなんて、そんなことあるわけないだろ」

「──そうですか？」

まだ疑う壱伊へ、

「そうだよ」

政貴は断言する。「中郷、涼代くんのこと、過小評価しすぎだよ」

「そんなことはないです」

「まさか、きみ、正当な評価をしているから、その場で指摘しないとわからないと思ったとか、言うんじゃないだろうね」

「……そこまでは」

壱伊は少し間を置いて、「じゃあ、いつ、どんなときなら指摘してもいいんですか？」

「せめて他人の目がないところで話しなさい。涼代くんに不要な恥をかかせるなよ」

「あ、そうか」

不要な恥。そっちか。

「──あ、そうか。って、暢気《のんき》だな」

相変わらずマイペースの権化だな中郷壱伊。「わかった？」

「わかりました。これからは、ふたりきりのときに言うようにします」

「……だから、そもそも、指摘する前提はやめなさい」

「はい！　わかりました！」

明るく元気な返事に、こいつ絶対わかってないな、と直感しつつも、

「……やばっ、電話当番がめっちゃこっちを睨《にら》んでる」

の壱伊の呟きに、

「悪い、だよね、とっくに制限時間オーバーしているかなと感じてはいたんだ」

寮では通話に時間の制限が設けられている。限られた公衆電話の数、ひとりに延々と長電話されてはたまったものではない。

「すみません野沢先輩」

「いや？　中郷が謝ることじゃないだろ？　それより、もうひとつ大事な話があったんだが、急ぎじゃないから、それは、ゴールデンウイークにそっちに行ったときにするよ」

「わかりました！　野沢先輩からの大事な話、楽しみにしてます！」

心から楽しげに壱伊が言う。

電話を切ったあと、

「……楽しみ、ね」

政貴はぽそりとこぼした。

――トロンボーンの指導教授である橿原《かしはら》教授から暗に託されたミッション。

「きみの後輩の中郷壱伊くんは、どうしてもうちの大学にくる気はないのかな？」

個人レッスンのたびに確認されていた。

今日のレッスンでも、もちろん、された。

「中郷くんなら返済なしのスカラシップの対象にもできるし、推薦枠で入試の便宜もはかれるんだがな……」

――要するに、口説き落とせということだ。

音楽を続けるとしても桜ノ宮坂を選ぶとは限らないし、壱伊の実力ならばフランスあたりへ海外留学が正解だろうし、というか、そもそも、壱伊の第一志望は工業大学である。

高校でやめるつもりだった音楽を、政貴がきっかけで継続してくれた壱伊だが、彼にはトロンボーンや音楽に対する執着がない。反して、（さすが御曹司というべきか）家業に対する愛と責任感を持っていた。

両親は、大学進学に関しては壱伊の自由にして良いと言ってくれているそうだ。高校だけは絶対に祠堂学院へと厳命を受け、それは無事に果たせたので、大学は（行くも行かぬも、どの大学へ進むのかも）好きにして良いらしい。

三年生を迎える春休みに唐突に壱伊は進路を決めた。久しぶりにナカザト音響の工場へ遊びに行き、なにやら刺激を受けたらしい。

全体的にふわふわしている壱伊だが、一皮むくと、しっかりしている。

『わかりました！　野沢先輩からの大事な話、楽しみにしてます！』

すまない、中郷。ゴリ押しするのは本意でない。が、スカラシップだ、なんだかだと、一通りの説得はせねばなるまい。

楽しみに、か。

「……楽しくはないだろうなあ」

俺も、まったく楽しくない。

授業も真面目《まじめ》に受けるし寮の部屋でも消灯間際まで受験勉強をしている壱伊。

「――一年生の頃のイチに、別人のような今のイチの姿を教えてやりたい」

親友のからかいに、

「してやって、してやって、ツナ。そしたら一年生の頃から真剣に勉強してただろうし、こんなに必死に受験勉強しなくて済んでたかもしれない」

どういう心境の変化なのか、

「跡取り息子の自覚の芽生え、ってやつ？」

ナカザト音響の跡取り息子。でも自分はオーディオにはまったく興味ないと言っていたのに、いつの間にやら、である。

「いいよなツナは、ナチュラルに勉強、得意だもんな」

「おかしな羨《うらや》ましがり方してるなよ」

ツナこと渡辺綱大はけらけらっと笑って、「俺にだって得意なもののひとつくらいないと不公平だろ？」

実際は、言うほど勉強だって苦手じゃないし、絶妙に整った綺麗《きれい》な顔や、モデルみたいに手足が長い抜群のスタイル、とか、御曹司の部分を抜きにしてもイチには憧《あこが》れやモテ要素が満載だ。トロンボーンは天才的だし、おまけにちっとも気取らない。

愛想が良くて滅多に不機嫌にもならないが、他人にあまり興味がなくて対人関係が淡白なのは、……むしろ、イチの場合は長所、なのか？

「でも正直に言って俺は、イチは野沢先輩を追いかけて、桜ノ宮坂音楽大学に行くのかと思ってた」

「——なんで？」

テキストから目を上げて、壱伊がきょとんと訊き返す。「俺の進路と野沢先輩、関係なくない？」

「だってイチ、重度の野沢先輩ウォッチャーじゃん。先輩が卒業するまで、校内で見かけては目で追って、部活のときなんかトロンボーンを吹いてる最中でさえ、もうずーっと野沢先輩、ガン見してただろ」

「だって俺、野沢先輩大好きだもん」

「知ってる」

耳にたこが無数にできるくらい聞かされている。「祠堂入って、野沢先輩に一目で心を奪われて、今も、ずーっと好きなんだろ」

——ずっと見てても飽きないし、どこもかしこも全部好き。

「うん、そう」

「だろ？　それって、入学以来ずっと野沢先輩に片思いしてるってことじゃないのか？」

綱大からしたらそれは〝恋〟だし、べた惚《ぼ》れなのではあるまいか？

「片思いじゃないよ？」

片思いではないとして、もちろん両思いでもない。

なぜならば、野沢政貴には既に恋人がいるからだ。壱伊には政貴は特別な先輩だが、政貴には壱伊は後輩のひとりである。

「未《いま》だに野沢先輩がいると穴が空きそうなくらい、ずーっと見てるのに？　片思いじゃないって言われても、ぜんぜん信じられないんだけど」

どこに説得力があると？

「でも恋じゃないし、野沢先輩とつきあいたいと思ってるわけでもないし」

「……本当に？」

「違うって何度も言ってるのに、なんでツナは信じないのさ」

「信じられないから信じてないんだよ。イチが自覚してないだけで、普通、それを恋って

言うんじゃないのか？」

「違います。恋ではないです」

「だからてっきり、引き続き野沢先輩を眺めていたくて桜ノ宮坂に行くのかなと推理するわけじゃん。順当だろ？　ちっとも、なんで？　で、なくない？」

あれ？　なのに大学は追いかけないのか？

──謎《なぞ》だ、イチ。

「ええー？　そうかなあ？」

「ハッ。もしかして恋愛音痴なのか、イチ？」

それはそれで面白いけど。この天下一品のルックスで、あの壮絶なモテで、恋愛音痴だとしたら庶民の我らは救われる。中学時代に毎週違う女の子とテーマパークデートしていたことも、百歩譲って水に流せる。

「あのさツナ、俺の部屋にあるオーディオコンポ、入学したときから使ってる、あれ、うちの一般向けラインナップの中では価格的に真ん中よりややお安めなんだけど、品質は中の上の更にやや上で、コスパは抜群なんだ。一目で気に入って祠堂に持ち込んでずっと愛用してるけど、それを片思いって言う？　言わないだろ？」

「──はい？」

今度は綱大がきょとんとした。

「ま、いっか」

壱伊はテキストに目を戻すと、「それよりツナ、ここ、教えて」

と、人差し指でさす。

「どこ？」

「ここ、これ、よく見て」

「んー？」

と、手元を覗き込んできた綱大へ、いきなり手を開いて返して手の甲ではなく手のひらで綱大の額をぱしんと叩《たた》いてふざけようとした矢先、コココッと気短なノックがしたのとほぼ同時にドアが開き、

「やっぱりここだった」

むっすりとした表情を隠しもせずに都森清恭《つもりきよやす》が顔を覗《のぞ》かせた。

「あ、つもりん」

「あ、つもりん。じゃねーよ。なんで自分の部屋にいねーんだよ。自分も階段長のくせして、よその階段長の部屋で宿題なんかしてんなよ」

「宿題じゃないよ、受験勉強」

「はあ？　細かっ。そんなんどっちでも、ふざけんな」

「ふざけてない。第一志望が難関で、目標を高く掲げてしまった俺は、これから苛酷で容

赦ない受験戦争の荒波に揉まれるんだよ。だから真剣に勉強してるんだよ」

「自分の部屋で真剣に勉強すればいいだろ」

「だって、ツナの部屋なら落ち着いて勉強できるんだもん」

基本がふたり部屋の寮の部屋。

特別措置として一階から四階までひとりずつ、それぞれの階に『階段長』なる役職の生徒が配置されている。フロアごとの相談役とかまとめ役のようなものなのだが、問題が起きればその階の階段長に最初に報告が入り、早朝であろうと消灯後の真夜中であろうと即時に対応せねばならないので、特典として（？）階段長はひとり部屋であった。

各階のゼロ号室（通称ゼロ番）、一階から四階の、一〇〇号室、二〇〇号室、三〇〇号室、四〇〇号室が階段長の部屋であり、伝説のギイ先輩は壱伊たちが一年生のときの三〇〇号室の主であった。綱大が使っている、この部屋である。間に先輩がひとり（諸事情によりふたり）挟まっているので、残念ながらここにギイ先輩の残り香（？）は、ない。

綱大は三階の階段長で、壱伊は一階の階段長だ。本当は二階の階段長になりたかった。二階の二〇〇号室は（間にひとり挟んでいるが！）壱伊たちが一年生のときの野沢政貴が階段長を務めていた部屋なのである。勝った順から一階、二階、と部屋が決まる、階段長に選ばれた四人のジャンケンでうっかり最初に勝ってしまった。ジャンケンで勝って悲しかったのは、生まれて初めてである。

そう、よって、この部屋へ持ち込まれる厄介ごとは（基本的に）壱伊には関係がない。綱大が対応すべきものばかりである。ノックの音にいちいちびくりとする必要もないし、――ビビって、ではなく、突然のノックに、集中して勉強しているのがびくりと中断されるし、集中力を切らされるのは迷惑だし、対応するのは面倒臭いし。とにかく来客が面倒臭いし！　そんなこんなで、勉強道具一式を持参して、壱伊はしょっちゅう綱大の部屋へ押しかけていた。

「だから、自分の部屋でやれ。俺の手間を増やすな」

「お言葉を返すようですがー、つもりん、俺がツナの部屋にいるってすぐにわかるんだから、問題なくない？」

結局は、用事が発生すれば綱大の部屋まで誰かしらが呼び戻しに来るのだが、まあ、それはそれとして。

「はいはい、減らず口。いいからさっさと部屋に戻って階段長の仕事をしろ。あ、お仕事をしてください」

たいてい呼び出しに使われるのが、つもりんこと都森清恭なので、

「ちぇっ」

壱伊としては気が楽なのである。

親友ならば綱大だけれど、一年生のときに一年間同室だった清恭とは、慣れぬ集団生活

でお互いにへまをやらかした仲でもあり、みっともない部分もカバーし合った、最も気楽な友人なのだ。

言動も態度もたいそう粗野で、教師の言うことなど一切聞かない反抗精神旺盛《おうせい》な生徒、を、絵に描いたような外見をしている清恭だが、実際は、親の言い付けに従って全寮制男子校（という、明らかに不自由で退屈そうな）祠堂学院を受験した、普通の（いや、かなり素直な）高校生であった。——壱伊も親の言い付けで祠堂に入学したひとりだし、他にも何人も親の言い付けで入学した生徒がいる。皆、大なり小なり中学生の時点で『家』を背負わされているのである。それが良いとか悪いとかではなく、そういう家に生まれた以上、普段は好き勝手にやっている息子であっても、いざとなれば親の意向を受けて、望まぬ道を、覚悟を決めて進むこともある。

人付き合いに不器用なのは、清恭の（見た目の）印象どおりだ。

誤解されやすいキャラクターだが、壱伊は一目で清恭を気に入って、つもりんなどという愛称まで（有無をいわさず）勝手につけて、ぐいぐいと距離を詰めた。勝手に呼ばれてむっとしつつも、壱伊の好きにさせてくれる。放任なのか寛容なのかは定かでないが、そうして現在に至っている。

もちろん、人を見掛けで判断してはいけないのは鉄則だが、泣く子も黙る強面《こわもて》の都森清恭を「つもりん」などと気安く呼ぶのは（清恭が強面なのは外見だけ、と、皆が知ってる三年生になった現在でも）祠堂広しといえど中郷壱伊、ただひとりだけである。

そして面白いことに、なんとなく近寄り難い（現在は祠堂学院で一番のハイスペックな存在なので）存在の壱伊に話を通すには最も適任と皆から思われている、つもりん。

壱伊が、こうも面倒臭がるのに何故に階段長を引き受けたかといえば、――四人いる階段長は生徒全員による投票で選ばれるが、辞退するのは可能である――吹奏楽部部長で階段長、という二足の草鞋《わらじ》が、壱伊が敬愛してやまない大好きで大好きな野沢政貴と〝お揃い〟だからであった。政貴は吹部部長であり階段長でもあったのだ。なので、部長にしろ階段長にしろ嫌々引き受けたわけではないのだが実際にやってみるとそれはもう大変で、ついつい逃避を試みる。

「階段長の仕事、サボるなよ！」

と言い残し、顔を引っ込めるのと同時にバタン！　と、わざと大きな音を立てて清恭がドアを閉めてから、

「イチ、さっき、俺になにをしようとした？」

綱大がテキストに置かれた壱伊の手のひらを眺めて、尋ねた。

「え？　なに？」

手のひらを素早く伏せて、とぼける壱伊に、

「はい！　帰れ。帰ってください、はいはい、帰ってー」

呆れた綱大は勉強道具一式を手早くまとめると壱伊に押し付け、「イチ、反省するまでしばらく出入り禁止な」

廊下へぽんと押し出した。

「反省？　なにを？　ツナ、なにを？」

ドアの向こうから大声で壱伊が訊く。

それには答えず、綱大はやれやれと肩を竦《すく》めた。

今回は未遂に終わったが、まったく、高校三年生にもなって、いつまでたっても小学生みたいなイタズラを仕掛けるからな、イチのヤツ。

二年生の葉山託生がピアノに次いで競争率の高いバイオリンで、今年の特別交換留学生に選ばれた、というニュースは、けっこうな衝撃であった。

律はしばしポカンとして、学生課の廊下に貼《は》り出《だ》された、留学が決まった学生たちの名前がずらりと書かれた掲示を眺める。

《ニューヨーク》バイオリン科・二年生・葉山託生（井上《いのうえ》教授）

正直なところ、絶対に無理だと思っていた。

――無理に決まっている。だって、天才的な才能がある学生ならばさておき、少し上手程度の二年生では、どんなに頑張ってもあの難関は通れない。と、そう。

「……凄いな」

毎日毎日死に物狂いで練習して、恐れることなく難関に挑戦する。そんなこと、律にはとうてい真似《まね》できない。

できない。

できないけど。

掲示から目が離せない。

「あの葉山くんが、……やり遂げたんだ」

トロンボーンのケースを持つ手が震えた。

僕は、……なにを、してるんだろう。

選択という名の必修科目である音楽史。桜ノ宮坂音楽大学で最大の講義室で行われる音楽史の講義を受けるべく、廊下を歩いていると、

「野沢くん！」

と、遠くから名前を呼ばれた。

振り返ると、廊下の奥から律が小走りにやってくる。

「おはよう、涼代くん」

政貴が挨拶《あいさつ》すると、律は呼吸を整えつつ、

「お、はよう。あの……」

どう切り出せばいいのだろう。

「毎日暑いね。まだ六月なのに夏日が続いて、今年の六月はまるで七月のようだよね」

政貴が軽やかに笑う。

「……あの」

「掲示見た？」

「あ。見た。すごいね、葉山くん」

「初志貫徹。すごいなあ」

「留学って、来月だっけ？」

「そう。七月の末から八月の中旬までだって。短期だけど、旅費から滞在費からなにから
なにまで全額免除は大きいよね」

「しかもニューヨーク……」

「そう、ニューヨーク！」

政貴は大きく頷くと、「そうだ。来週のどこかで、葉山くん留学おめでとう会を開こうかと計画してるんだけど、涼代くんも参加する？」

「え？……あ、どうしようかな」

「といってもファミレスで日替わりランチ、とかだけど」

政貴が笑う。「葉山くん、仰々しいの苦手だから」

「あ。……うん」

律も仰々しいのは苦手なので、「……わかる」

「参加メンバーは俺と涼代くんと葉山くんの三人だし」

「え!?　それだと、いつものランチと変わらない……？」

「そういうこと。なんたって葉山くん、仰々しいのが苦手だから」

政貴は笑って繰り返すと、「それに——」

本心から葉山託生の留学を喜んでいるのは（政貴の知る限り）政貴くらいで。託生としても、下手にいろんな人に祝われても、おそらく居心地は良くないだろう。

努力の成果で特別交換留学生の座を得たとしても、言いたい人は陰で誹謗《ひぼう》中傷するものだ。落選した者だけでなく、妬《ねた》みややっかみは常に周囲にどす黒く渦巻いている。

死ぬほど努力したとしても、努力をすれば必ず報われる、わけではないので。合否を分けた幸運が、妬ましくてならないのだ。

「涼代くんは、心からおめでとうって、喜んでくれそうだし」

「それは──、だって、おめでとうじゃないか。すごいよ。僕には、できない。苦手な練習からいつも逃げてしまうし。それじゃあダメだってわかってるのに」

　それらを克服しなければ、そもそも勝負の場にすら立てないのに。

「まあ葉山くんの場合は単にバイオリンどうこうだけでなく、なんとしても叶えたい、別の理由があったんだけどね」

「……なんとしても叶えたい、別の理由？」

「俺からは話せないから、おめでとうランチのときに葉山くんに訊いてみてよ。多分、涼代くんになら話してくれるだろうから」

「……そうかな」

　この人になら話しても大丈夫、などという人望は、……自分には、ない。と、思う。思うけれど、今回はそれを口にはしなかった。「でも、……の、野沢くんがそう言ってくれるなら、そ、そうかもしれない、し。自分で、訊いてみるね」

　強い気持ちで、政貴へ返す。

　信じてもらって、もらっているのに、返せない自分は、卒業したい。

　自信はない。ないけれど、誰かが自分を信じてくれること、望んでも得られない、得難い貴重な信頼を、簡単に無下にする自分から、卒業したい。

いったいなにが、葉山託生を無謀な挑戦に駆り立てて、果敢に挑み続ける膨大なエネルギーの源になったのだろうか。

知りたい、と、純粋に律は思った。

「そ、それと」

律は、顔にかいた汗でずり落ちた黒縁メガネの位置を指で無意識に戻しつつ、「やっぱりバイト、しなくちゃと、お、思ってて」

「メガネの買い替え？　けっこうマズイ感じ？」

「うん。それもある。けど、あの、……この前の話、ま、まだ、有効、なのか、な」

ゴールデンウイークは過ぎてしまったが、祠堂学院吹奏楽部が出場する地区大会までは一ヵ月と少し。「……いまさら僕とか、出る幕ないなら、なし、で」

「ありがとう！　助かるよ！」

政貴は破顔して、「夏休みを待たずに七月に入ってすぐの土日に祠堂へ行くつもりだったんだ。皆にはそう頻繁に頼めないから今回はひとりで行くつもりだったんだけど、涼代くんが同行してくれると、とても助かる。パート練習も重要ではあるんだけど、なんか、こう、うまくアンサンブルがまとまらないというか、指揮のせいにはしたくないけど、なんだろう、うまく説明できなくて申し訳ないんだけど、下手ではないのに、全体の音ががちゃがちゃしてて。涼代くん、そのあたり明るいだろ？　アンサンブルがまとまるコツ、伝授してもらいたいんだ」

いきなりの政貴の早口に、圧《お》されるがまま、

「う、うん。わかった」

律は頷いた。「できるだけ、頑張ってみるね」

わかった。頑張ってみるね。

前向きな言葉。

口にした途端に、律の心がふわっと明るくなった。

できるだけ、頑張る。頑張ろう。――僕も全力で頑張ってみたい。

山奥という立地条件の悪い祠堂学院に足繁く通うために、高校卒業後大学入学前の春休みに普通自動車の運転免許を取り、中古でコンパクトカーを購入したという政貴。

「ガソリン代とか維持費とか、大変じゃないかい？」

助手席の律が訊く。

「自宅通学だからどうにかやりくりできているけど、アパート借りて、とかだとさすがに諦めていたなあ。祠堂まで電車で通っていたと思う」

危なげない運転の政貴が答える。「おかげで便利に使われちゃってるけど」

「そうだよね。なにかというとみんな、野沢くんのクルマ、当てにしてるよね」

二言目には、そうだ野沢くん、クルマ出してよ。

である。

特に女子。

「さすがにつきあいきれないなと感じたときは、これ、母親と共有になるんだ。その日は母が使っているから、申し訳ない、クルマは出せない。って」

「あ！　あれ、そういう意味だったのか！」

律が笑う。「みんな、野沢くんの優しさに甘えすぎだものな。簡単に言うよね、クルマで送ってってって、とか」

「涼代くんはむしろ誘っても乗らないよね。電車で帰るから大丈夫、って」

「定員オーバーかと思って」

「確かに」

そういうときは、あっという間に定員が埋まる。

政貴の優しさに安易に付け込まない。葉山託生もそうだし涼代律もそうだ。だから政貴は託生とだけでなく、律といるのも気が楽だ。

「でも、皆が思うほど、俺は優しくはないよ？」

政貴が続ける。

優しくもないし、お人好《ひとよ》しでもない。

「僕には、充分、優しく見えるけど」

無理強いしないし、律を慮《おもんぱか》って引いてくれる。

「気のせいかもよ？」

笑った政貴は、「温度どうかな？　暑くない？　もう少し冷房、低い方がいいかな」

と、左手をタッチパネルに伸ばす。

器用に動く政貴の指を眺めつつ、

「……祠堂の吹部、野沢くんが指揮をすればいいのに」

律がぽつりと言う。

指揮のせいにはしたくないけど、と政貴は言ったが、アンサンブルのバランスの悪さの原因は指揮にあることが殆《ほとん》どだ。全体の音のバランスを調節するのが指揮の大きな役割のひとつなのだから。

「指揮って、誰がやってるの？」

「二年生の成田晴斗《なりたはると》」

「……二年生」

それで少し、理解した。「先輩たちから舐《な》められないよう、必要以上に構えちゃったりしてるのかな」

しかも三年生にはあの中郷壱伊がいる。

「大抜擢《だいばってき》だったから、期待に応《こた》えようとものすごく張り切って、指揮についての勉強もして、それなりに自信が付いたのか三年生からこうした方がとアドバイスされても撥《は》ね除《の》けてしまって、結果、静かに拗《こじ》れてね。表立って揉めてはいないけど、三年生は気に入らないと思ってるだろうね、成田を」

「生意気だって、こと？」

「聞く耳持たない態度がね」

「才能はあるんだよね？」

「ある」

「部長は、――な、中郷くんは？　なんて？」

「スルー」

「え⁉」

「笑えるだろ？　中郷、スルーしてるんだよ。まったく、部長なのに」

「なんでスルー？」

「もう子どもじゃないからって」

「……えええ？」

「まあ中郷らしいといえばらしいんだけど。基本、他人に関心ないからなあ」

「え……、でも、野沢くんのことは――」

「野沢先輩ウォッチャー中郷壱伊？　言うほどでもないよ、動物園でパンダを眺めているような感じだし。にしても、渡辺もテキトーな呼び名をつけるものだよね」

「あ、副部長だよね、渡辺くん。渡辺くんも、スルー？」

「渡辺は気にしてるけど、うまい解決策がみつけられずにいるんだよ」

「……そうなんだ」

「荒れているわけではないから、演奏は県大会進出を決められそうなくらいには仕上がっているんだけど、もう一押し向こう側へ、ぐいとブラッシュアップしたいのに、それがどうにもうまく行かなくてね。見ているこっちも歯痒《はがゆ》くて」

　まずは地区大会から県大会進出へ。県大会でもダメ金ではなく本物の金賞で勝ち抜いてその先へ駒《こま》を進める。そのために演奏のレベルを最低でも、もう一段階は上げたいのに。

「……そうか。ポテンシャルはあるのに、引き出せないとなると、もったいないね」

「だろう？」

　政貴は得たりと笑い、「涼代くんならわかってくれると思っていたんだ。現場で、もしなにか閃《ひらめ》いたら、ぜひとも力を貸してくれよ」

「……うん。僕に、できそうだったら」

「ありがとう。よろしく頼むね」

できそうだったら、などと律は謙遜《けんそん》するけれど、律の吹奏楽への愛も政貴とは別方向で深いものがある。政貴はとても吹奏楽を愛しているので同類にも敏感なのだ。

頷いて、律はクルマの窓から外を見る。

早朝に律のアパートまで政貴がクルマで迎えにきてくれて、途中、高速道路を使っての祠堂学院までのロングドライブ。

葉山託生は引き続き、留学へ向けてバイオリンの猛練習を重ねていた。めでたく合格したし、せっかくなので一緒に祠堂へ、と、ファミレスの日替わりランチでおめでとう会をしたときに律が誘うと、実は留学へ向けて新たな課題が出て、と、託生は引き続き青息吐息であった。

決まるまで苛酷、決まってからも苛酷。それでも託生の表情は輝いていた。

「——どうしても、会いたい人がいるんだ。ぼくのバイオリンを聴いてもらいたい人が、ニューヨークに」

それが、なんとしてでも叶えたい別の理由。渡航費用を作るだけなら生活を質素にして、いくつもバイトをかけもちすれば貯《た》められる。だがそうではない。

誇れる自分の姿を見せたい。

だから狭き門を目指したのだ。

とはいえ本当に会えるかは、留学の最終日に行われる演奏会へ、自分の演奏を聴きにきてもらえるかはわからない。わからないが一縷《いちる》の望みを託していると。それ以外には、もう、非力な自分にはなんの手立てもないのだと。

そこまでして、そんなふうに会いたい人。

律には、……律は、託生の話を聞きながら、自分にはそうまでして会いたい人なんていないな、と、思う傍らで、脳裏にふと浮かんだ人物にどきりとしていた。

音楽コンクールにて、まだ小学生の小柄な体でテナートロンボーンを操って難曲を軽々と演奏した少年。その圧倒的な演奏力と、スタイルとビジュアルの良さとで、以降、語り継がれることになった伝説の存在。

同じ年、中学から吹奏楽部でトロンボーンを始めた律には遠い世界の出来事であった。

だが高校二年の二学期の終わり頃に、その中郷壱伊が祠堂を受験するかもしれないという噂が学園を駆け巡り、吹奏楽部もその噂でもちきりだった。

新学期、中郷壱伊は祠堂学園に入学してこなかった。

なんだガセネタだったのか。と、皆、がっかりしたけれど、内心ホッとしていたのかもしれない。先輩の座を危うくさせる脅威の新入生が入ってこないとわかって。——いや、やはり、がっかりが勝っていたかもしれない。

完全なガセではなく、祠堂は祠堂でも、そもそも中郷壱伊が受験したのは学園ではなく学院の方だったのだ。

その年の祠堂学院の文化祭に、律はこっそり足を運んだ。学園の吹奏楽部の部員としてではなく、ひとりの一般参加者として。

講堂のステージで演奏された学院の吹奏楽部の演奏は、人数こそは少ないけれど二年半前に創部されたばかりとはとても思えないまとまりのある厚い音を奏でていて、――遠くからでもすぐにわかった。軽やかにテナートロンボーンのスライドを操る美少年。

本当に、いたんだ。……実在していたんだ。

おかしな感動をしつつ、律は目も耳も中郷壱伊に釘付《くぎづ》けになっていた。

よもやまさかその翌年に、立て役者である野沢政貴に誘われて、トロンボーンの指導をするために祠堂学院を訪れることになるとは。そして、中郷壱伊と同じ空間に身を置くことになるとは。

会いたいというよりは、遠くからでも実在を確かめたかったのかもしれない。憧れの、幻のような存在だったから。

最初はそうだった。

二度目は、近くで会えると思った。

三度目からはただ嬉《うれ》しくて。

そして——。

何度か誘いを断って、今回は、——会う資格、そういうものがあるとしたら、ようやく得られたかもしれないと、自分で思えたからである。

恥ずかしかった。ダメな自分をするりと指摘されて。

「……受賞のインタビューで、練習嫌いって、答えてたんだ」

ぽつりと律が言うと、ハンドルを握っている政貴はまっすぐ前を向いたまま、耳だけ律へと傾けた。

受賞、で、練習嫌い、とくれば、中郷壱伊だ。

「バカだから、鵜呑《うの》みにしてた」

練習嫌い。——どこが?

ろくに練習なんかしなくてもさくっと演奏できてしまう天才なのだと、勝手に思い込んでいた。

一時間でも二時間でも基礎練習を続ける。納得がいくまで。そこから更に曲の練習。それを難なく日々こなして、その上での「練習嫌い」だった。

天才の上に努力もしている。しかも努力を努力と感じていない。そういう、天才。

「……真似できないなあって、諦めてた」

天才に努力されたら、凡人はどうやって追いついたらいいのだ？　どうしたら、肩を並べることができるのだ？

打ちひしがれて。

絶望していた。

勝手に。

せっかく指摘してくれたのに。律の演奏が良くなるための、階段をひとつ上がるための的確なアドバイスを、彼はしてくれたのに。

中郷壱伊を前にして、てんで格下の自分には、傷つくようなプライドなんてないと思ってた。けれど違った。傷ついた。

それらがうまく消化できずに、ずっと逃げ回ってた。

ようやく――。

ノックと同時に一〇〇号室のドアが開き、ひょいと顔を覗かせた綱大は、

「イチ！　支度が遅い！」

「待て。うまく決まらないんだ、このへんが」

鏡に向かって、指先に付けたワックスで、せっせと前髪の立ち上がりのカーブを直している壱伊へ、

「な～に、いつまでも前髪いじってんだよ。大丈夫大丈夫、前髪がどんなんでもイチはイケメン。絶世の美少年。それより、急がないと野沢先輩、そろそろ来客用の駐車場に着いちゃうぞ」

「ぶー。ちっとも心が籠《こ》もってない」

「っていうか、いつもは髪形なんかどんなんでも気にしてないのに、なんだって今日はそんなにセットを頑張ってるんだ？」

「が、頑張ってはいない」

壱伊は返して、「わかった。出迎えに行こう、副部長！」

指先に僅かに残ったワックスをウエットティッシュできれいに拭《ぬぐ》ってから、綱大を外へと促す。

土日の部活は、活動場所は校内だが、制服着用の義務はなかった。中学までは流行の最先端の服をとっかえひっかえしていたのに、祠堂に入学してからはとんと服装に頓着なくなってしまったと以前に壱伊が笑ってて。私服ときたらTシャツに短パンとかTシャツにジャージとか、まあ、そんな感じで。校内に女子の目がまったくないので異性を意識することのない他の生徒も似たような恰好《かっこう》をしているし、ラフすぎる服装でも、特段どうとい

うことはないのだが。――が？

「……ポロシャツとジーンズ？」

前を小走りに駐車場に向かう壱伊の背中を追いかけつつ、綱大は首を捻《ひね》る。

イチ？　それ、バスに乗って繁華街へ繰り出すときの服装では？

尤《もっと》も、モデルばりにスタイルと顔の良い壱伊が身につけていれば、くたくたのTシャツでも様になるし、短パン姿だってグラビア雑誌の一ページのようである。

前髪の立ち上がりをやたらと気にしたり、出掛けないのによそ行きの服を着ていたり、なんだ、なんだ？　イチ、どうした？

それってまるでデートに出掛ける男子の姿だぞ。

もしや、ようやく、この期に及んで、野沢先輩への恋心を自覚したのか？　出会いからかれこれ二年、遅すぎるけどな。

来客用の駐車場に、見慣れた政貴のクルマが止まっていた。

運転席から下りて、後ろの席からトロンボーンのケースとスコアも入る大きなサイズのトートバッグを取り出している政貴と、もうひとり。

「あ、涼代さんだ。久しぶりだな」

綱大が呟く。

今回は、ふたりのみ。

と、壱伊が立ち止まる。後ろから小走りについてきていた綱大は、うっかり壱伊を追い越した。

「――イチ？」

なんでそこで立ち止まる？

壱伊はちいさく咳払《せきばら》いして、急いだせいで乱れた前髪を人差し指でスッと整えると、

「おはようございます！」

と、大きな声でふたりに挨拶した。

政貴と律が、振り返る。

「おはよう！」

政貴が笑い、律は緊張した様子でぺこりと会釈した。

――あれ？

やけに畏《かしこ》まった顔をした壱伊が、

「荷物、運ぶの、手伝いますか？」

尋ねながらふたりの方へ。

――あれ？　イチ？

「いや？　たいして荷物はないから、大丈夫だよ。ありがとう」

きさくに返す政貴と、

「ぼ、僕も、大丈夫です」

緊張したまま返す、律。

――なんでいまさら、野沢先輩の前でカッコつけてるんだ、イチ？

「おや、中郷。今日はやけに決まっているね」

政貴も壱伊の変化に気づく。「部活の後で外出するのかい？」

「いえ、外出はしないです」

答えてから、「あのっ、涼代さん、先日は、大変、失礼しました！」

いきなり律へ頭を下げた。

「え？　もしかして中郷、涼代くんへ詫びを入れるのにちゃんとした恰好をしないと、って、まさか、そういうこと？」

「だって野沢先輩がちゃんとしなさいって」

「それでいつものだらっとしたTシャツじゃないんだ？」

政貴がぷぷっと噴き出す。

「せっ、誠意！　謝罪の、誠意を見せるのには形も大事です！　服も！」

「髪形もね。はいはい」

くすくす笑う政貴をよそに、律は呆気《あっけ》に取られていた。

状況がうまく飲み込めないが、つまり――？

すらりと背の高い壱伊に見下ろされ、綺麗な、……眩しいばかりの壱伊を、律はまっすぐには見返せずに視線を逸《そ》らし、

「ぼ、僕こそ、……その、な、情けない指導者で……」

「情けないということはないです」

空気を読まない壱伊がすかさず否定する。

「中郷、まだ話の途中だろ。涼代くんが話し終わってから」

「あ。すみません」

思ったことをそのまま素直に口にする。善くも、悪くも。

――情けないということはないです。

即座に否定してくれた、それは壱伊の本音である。

情けないということはない。……良かった。情けないって、思われてない。

「……良かった」

肩の力が抜けて、律は、ほぅと微笑む。

――かわいい。壱伊はひゅっと、息を呑《の》む。

黒縁メガネの厚めのレンズ、耳に掛かる幅広のツルの隙間《すきま》から覗く長い睫《まつげ》。

「涼代くん、部長からしてこんな感じで、なにかと手が掛かるかと思うけど、今後とも、よろしく頼むね」

政貴も頭を下げる。

「いや、ううん、あ、うん。はい。こちらこそ、たいして役には立てないかもしれませんけど、精一杯、手伝わせてもらいますので、よろしくお願いします」

律も、三人へ頭を下げる。

「じゃあ俺も！　野沢先輩、涼代先輩、よろしくお願いいたします！」

流れで綱大も頭を下げた。


あ、直ってる。

パート練習の最中、壱伊は、コンクールには出場しないトロンボーンの一年生たちに、基礎練習の個別指導をしている律の音に、ふと耳を止めた。

低音を吹くときの、下を向いてやや力む癖が直ってる。

——でも、惜しい。

「あとは、顎、かな？」

だが、指摘したいことがあるときは目上に恥をかかせないよう他の人がいないとき。という、政貴からのきつい言い付けを思い出し、今は、やめる。

土曜日の生徒のいない校舎の教室を適当に使ってのパート練習。その日の気分で場所を決めるので、教室以外にも屋上だったり階段の踊り場だったり、どのパートがどこで練習しているかはわからない。もし用があるときには楽器の音を頼りに居場所を捜す。

コンクール出場組と一年生たちとで、音がぶつからないように（といっても、完全には無理なのだが）教室の向こうの隅とこっちの隅で練習をする。いつもはコンクールの曲の練習をしつつ壱伊は一年生の様子も見る。だが今日は律がいてくれるので、コンクールの曲に集中できた。

二年生と三年生で、1st《ファースト》が二本、2nd《セカンド》が二本、3rd《サード》が二本、計六人でトロンボーンのパートを合わせる。

六人全員が自前の楽器だ。一年生たちも全員が自前である。

律に個別に教えてもらいながらも一年生たちは、ちらちらと、壱伊たちの様子を窺《うかが》う。律の教え方がどうこうではなく、壱伊の技術を見て聴いて盗みたい、いや、どうにか真似して体得したいからである。

憧れの先輩。だが三年生が部活を行うのは秋の文化祭まで。もう一年早く生まれていたなら、もっとたくさん、間近で演奏に触れられたのに。

いつもキレイカッコイイ中郷先輩なのだが、しかも今日はやけに全体がぴしっと決まっていて、つい、目が壱伊を追いかける。

と、廊下ががやがやし始めた。

コンクール出場組も一年生たちも練習を止める。

廊下を見た壱伊とたまたま目が合って、綱大がガラリと教室の扉を開けた。

「イチ、俺たち音楽室戻るけど、トロンボーンはまだパー練続けるのか？」

綱大の手にはアルトサックス。背が高く細マッチョの綱大が持つと、より一層ちいさく見える。

「やっぱりテナーかバリサクの方が、ツナには見栄えがするのになあ」

会話とは関係のない素朴な壱伊の感想に、

「サイズ感だけで楽器を決めるな。俺にはアルトサックスでも一苦労だよ、イチ」

慣れっこの綱大は普通に返す。

アルトのリードでならどうにか吹き続けられるが、テナーのリードですら、顎が痛い。もしかしたら（無自覚だったが）自分は顎関節が弱いのかもしれない。

「ちょうどいいや、じゃあトロンボーンのパート練習もこれでおしまい」

壱伊はトロンボーンを左肩（正確には首の付け根辺り）に載せたまま立ち上がり、「みんな音楽室に戻って。三十分の休憩を挟んで全体練習始めるから。一年生はいつもどおり見学。もし俺らになにかあったら出てもらうんだから、気合入れて見学しろよ」

部長の指示に、

「はい！」

と、元気な返事が飛ぶ。

そして口々に律へ指導の礼を述べ、皆、左肩にトロンボーン、右手には折りたたみ式の譜面台に楽譜を載せたまま（譜面台をたたむのが面倒臭いので）落ちないよう器用にバランスを取りながら、教室を出る。

待っててと頼んだわけでもないのに、サックス組がどんどん音楽室へ向かっている中、廊下に残っていた綱大へ、

「そっち調子どう？」

壱伊が訊く。

「前半、野沢先輩が見てくれたから、わりと順調」

「ふうん。良かったじゃん」

「そっちは？」

「こっちも涼代さんが――」

と言いかけて、「ツナ、さっき、ちゃっかり涼代先輩とか呼んじゃって」

「さっき？」

「駐車場で」

「ああ！」

「馴《な》れ馴《な》れしい」

「呼びたいならイチもそう呼べばいいだろ？」

壱伊は少し考えて、

「……でも涼代さんOBじゃないし」

「はあ？」

真面目か。「おかしいぞイチ。すべてがざっくりしてるのに、なんでそこだけ厳密？なぜに？」

「わかった。いい。俺は涼代さんのままでいい」

「なんで拗《す》ねてるんだ？　変だぞイチ」

「拗ねてませんー」

と答えてから、壱伊は廊下を見回した。「あれ？　涼代さんがいない」

「さっきの教室にひとつだけケースあったの、涼代さんの？　だとしたらケースに楽器、しまってるんじゃないか？」

「そうか」

全体練習で律がトロンボーンを吹いて教える場面はない。午前中はもう使わないと判断したら、ひとまず楽器はしまっておくべきだ。

ということは、涼代さんは今、教室にひとりで残ってる？

「顎！」

「……あご？」

「ツナ、まだ教室に残ってる部員いる？」

「さあ？　校舎全体はわからないけどこの階にはいないよ。サックス、一番奥の教室使ってたから、チェック済み。奥の階段にフルートいたから声掛けて、上階から音楽室向かったし、この階使ってたのサックスとトロンボーンだけだし」

「よし。そしたら、涼代さんに話があるから、俺、戻る」

「わかった。あ、イチ、アイスどうする？」

「食べる。暑い」

「なら、音楽室に楽器置いたら、学生ホールで」

「了解、学生ホールで」

生徒からの多数の熱烈リクエストにより、この春、校舎に隣接する学生ホールにアイスの自動販売機が導入された。これで、学食の売店まで遠路はるばる足を延ばさずともアイスが食べられる。種類は限られるが贅沢《ぜいたく》は言えない。

壱伊はトロンボーンと譜面台を持ったまま廊下を教室へ戻る。

ひとり教室にいた律は椅子《いす》に座り、ていねいな手つきでトロンボーンをスワブで拭きつつ片付けていた。

「涼代さん」

声を掛けると、律は驚いてびくりと肩を震わせる。

「あ、あれ？　中郷くん、忘れ物？」

「忘れ物？　そうか、はい、忘れ物です」

忘れ物と聞いた律は注意深く周囲を見回して、次いで身を屈めて教室の床も注意深く見渡した。と、あきらかに律が使った物ではない四つ折りのキッチンペーパーに気づき、そっと拾って、そっとケースに入れる。

……ああ、こういうとこか。

水抜き用のキッチンペーパー、あれは一年生たちの忘れ物《ゴミ》だ。

トロンボーン（だけでなく、すべての金管は大なり小なり）は、吹いている間に温かな呼気に含まれている水分が管の中で冷やされて水に戻る。結露である。スライド内に徐々に溜《た》まってゆく水分を外に出す〝水抜き〟というちいさな装置がスライドのU字カーブの外側についている。

管にちいさな穴が空いていて、その穴を塞《ふさ》いでいる装置が水抜きで、スライドを下に向けて装置をかちっと押すと塞がれていた部分が開き、穴から水が落ちるというシンプルな構造だ。なのだが、水は素直にスッと穴から出て行ってはくれないので、音が鳴らないようマウスピースからバッと息を吹き込んで吹き飛ばす必要がある。

管に水気が溜まると息が重くなるし、溜まりすぎるとプップッと水が震える音もする。演奏の質を落とすので水抜きはわりと頻繁に行われ、その場で抜くので、対策なしで足元の床をびちゃびちゃにしてしまう奏者もいるにはいるが、たたんだティッシュを床に置いたり、ペットシート（トイレシートである）を敷いたり、人によって対策は様々だが、祠堂ではキッチンペーパーを利用していた。

自分のゴミじゃないのに。

しかも、結露による水だけでなく、スライドオイルやロータリーオイルの成分に僅かに唾《つば》も含まれる。たとえ僅かであろうとも他人の唾が染みているキッチンペーパーを、嫌な顔ひとつしないで、さりげなく処分した。

そう、こういう人なんだよな、涼代さんて。

あのとき、涼代さん、手を突かなかったっけ。――結果、突き指しちゃったけど。

「忘れ物ですけど、物ではないです」

壱伊はその場で譜面台を床へ置き、トロンボーンだけを持って律の近くへ。

「……物ではない？」

律の隣の席の椅子を借り、壱伊も腰を下ろす。

向かい合うと、途端に律が僅かに俯《うつむ》く。

「涼代さんに指摘したいことがあるなら、涼代さんに恥をかかせないよう、ふたりきりのときにって野沢先輩からきつく言われているので」

「えっ⁉　し、指摘？」

また⁉

咄嗟に身構えた律へ、

「低音、直ってて、感動しました」

「……………え……？」

……感動？

「でも、そしたら顎が気になって」

「え？　え、顎？」

壱伊は右手を伸ばして親指と人差し指で律の顎を挟み、少し、手前へ引く。

いきなり壱伊に触られて、律の心臓が口から飛び出しそうになった。

「上の歯と、下の歯の、縦の位置を揃えた方がいいです。涼代さんの場合、ちょっと受け口っぽくするとアンブシュアが……」

指で顎を挟み真剣な表情で説明しながら壱伊が覗き込むように顔を近づけてくるので、あまりに近い綺麗な顔に、律は赤面が止められなかった。

黙ったままの律へ、

「聞いてます、涼代さん？」

心配になる。

果たして、失礼がないように言えているだろうか。

「き、聞いてる、よ……」

声はすれども、メガネが邪魔で、壱伊には律の表情がよく見えない。

……あ。レンズに睫の先が当たってる。

「涼代さん、メガネないとぜんぜん見えないんですか?」

「みっ、見えない、と、いうことは、ないよ」

「外しても見える?」

「や、でも、ひどい乱視だから、楽譜が……」

「メガネしててもキスってできるのかな」

「はい?　——え?」

「メガネしたままキスしたことありますか?」

「いや?　や、え?」

顎を持つ壱伊の親指の先が律のくちびるに触れる。

びりっと全身に電流が走ったようになって、律が思わず僅かに身を引くと、壱伊が躊《ちゅう》躇《ちょ》なく追いかけてきた。

息がかかるほど近く。

そして、そっとキスをする。

柔らかくて、優しいキス。

くちびるが離れると、

「涼代さん。俺たち、付き合いませんか？」

壱伊が言った。


屋上にいたトランペットの生徒たちに、他の部員は既に三十分休憩に入っていることと音楽室での全体練習は十一時からだと伝えてから、政貴は階段を下りる。

残っているパートは他にないかと耳を澄ませながら廊下を歩いていたとき、扉が開いたままの教室を見かけた。

「閉め忘れたな。しようがないなあ」

よその教室を借りる以上、立つ鳥跡を濁さずである。

扉の把《と》っ手《て》に手を掛けて閉めようとしたとき、教室内の人影に気づいた。

「……涼代くん？」

律がぼんやりと天井を見上げている。

政貴はやや声を張り、

「涼代くん？」

と、廊下から強めに呼びかけた。

律は、ハッと、振り返る。

手には、しまいかけのトロンボーン。

政貴は教室に入ると、律のそばに寄って、

「……もしかして、また、中郷がやらかした？」

心配を口にした。

律を一瞬にして萎縮《いしゅく》させるようなズケズケとした指摘を、性懲りもなくまたやらかしたのであろうか。

「な……？」

言いかけて、いきなり律がどっと赤面する。

「——え？」

それには政貴も驚いた。

目の前でとてつもない勢いで赤面される、とか、滅多に拝めない光景である。

そして律は傷ついているわけではない、ことも、理解した。

やけにわたわたと、

「そ、そうだ、片付けの途中だったっけ」

トロンボーンをしまい始める。——赤面したまま。

政貴は改めて、

「中郷たちは?」

と訊いた。わざと、壱伊の名前を出した。

律は、一瞬、手を止めると、

「も、もう音楽室に、楽器を置きに戻ったよ。渡辺くんたちと、学生ホールで、アイス、食べるって、言ってた」

「へえ?」

相槌《あいづち》を打ちながら机の縁に手を掛けて、しゅっとしゃがんで、律の顔を覗き込む。

と、律が、ぎゅっと目を閉じる。あからさまに顔を背けるのは政貴に対して失礼だと思っているのだろう。だがしかし、政貴と目が合わせられない、のだろう。

これは、あれか?

「中郷と、なにかあった?」

打ち合わせの電話で、次回は(ようやく)涼代くんが同行するので、くれぐれも、くれぐれも! 失礼のないように。と壱伊に念押ししたのだが、それを拡大解釈した壱伊が身なりまで整えてきたのにはさすがに笑ってしまったけれど(実に微笑ましい)、イチが変にカッコつけてて面白い、と、親友である綱大がこっそり政貴に感想を述べ、――つまり、そういうことなのか？

律の音に一言もの申した壱伊。

誰の音にも関心がないのに。

「や、……その……」

律はもにょもにょ口の中で呟くと、「こ、困ったことに、なって……」

と、続けた。

困ったこと⁉

「中郷、今度はなにをやらかしたんだ⁉」

政貴はすっくと立ち上がり、手近な椅子を引き寄せるとそこへ腰掛け、「てっきり中郷が涼代くんに告白したのかと思ったけど、違うんだね。わかった。きっちり注意しておくから、良ければ話してくれないか」

と、促した。

「――え？」

律がポカンと政貴を見る。

ポカンとされて、政貴は、きょとんとした。

「え。……なんで？」

律が訊く。

「なんでって？」

政貴が訊き返す。

「野沢くん、なんで告白って……？　あ。違うよ、告白はされてないよ」

律は慌てて否定する。「付き合いませんか？　って、言われただけで」

「──おや」

政貴はにやりとした。「まさか涼代くん、どこへ付き合えばいいんだい？　とか、訊き返してないよね？」

さすがにそこまで天然じゃないよね。

『涼代さん。俺たち、付き合いませんか？』

「どうやって断ったらいいのかがわからなくて、困ってしまって……」

と続けた律に、

「──断る？」

想定外のセリフに、「断るのかい、涼代くん？」

つい、政貴は前のめりになった。

「だ、だって、断るよね？　普通は、そうだよね？」

「それは、涼代くんは中郷とは、付き合う気持ちはないってこと？」

「だって付き合うって、あれだろ？　友だちとして、とかじゃなくて、恋人、とか、特別な、あれだろ？」

「良かった。伝わってた」

政貴はほっとしつつも、「中郷と付き合ってみてもいいかな？　っていう選択肢は、涼代くんにはないってこと？」

「だ、だって、中郷くん、男の子じゃないか」

三度目の「だって」。そして、まさかの相手は男の子発言。

「もしかして祠堂学園って、生徒同士で付き合ったりしてないの？　カップル、一組もなかった？」

あるのが普通とは言わない。が、男同士は論外、と、言い切られるのも微妙である。

「さ、さあ？　わからない。仲の良い二人組とかはたくさんいたけど、多分、仲の良い友だちだし」

「……そうか」

静かに頷く政貴へ、

「……学院には、いたの？」

遠慮がちに律が訊く。

「いたよ」

即答した政貴は、「うーむ。そうか。これは想定外だったなあ」

と、律を眺める。

性別は一旦《いったん》措《お》いておき、好きなら付き合ってみればいいのに。という政貴の価値観を、だが、押し付けるわけにはいかない。

でも涼代くん、中郷のこと、好きだよね？

「うっかりしてた！　そうだよ、付き合う付き合わないはともかくとして、涼代くん、中郷のこと、好きだろう？」

肝心なのは、それである。好きか、どうか。

訊かれて、せっかくおさまりかけていた律の赤面がドッと復活した。

好きなどという言葉では足りない。憧れや、羨望《せんぼう》、劣等感もある。近くにいると息ができなくなるし、恥ずかしくて、眩しくて、まともに目も合わせられない。

なにより、緊張する。

意識しすぎて、指先が震えたりする。

「だ、だって、でも、好きってだけで、付き合うとか、ないだろ？　……それに、釣り合わないし」

四度目の「だって」。そして〝釣り合わない〟発言。

——これは、手ごわい。

「ん？　どう断ったらいいかで困ってるっていうことは、涼代くん、まだ、断ってはいないんだよね？」

「う、うん」

律はこくりと頷くと、「か、角が立たないよう、断る、には、ど、どうしたら、いいのかな？」

いっぱいいっぱいになると、律は言葉が躓《つまず》きがちになる。

「なるほど」

それで、ぼーっと天井を見詰めていたのか。

そうか。断りたい、のではなくて、断らねばならない、と、思っているのか。

そうだよね。涼代くん、中郷のこと、メガネに隠れるようにしてずーっと目で追っていたものな。

……釣り合わないし。

「そうか……」

政貴は葉山託生を思い出す。律と壱伊など足元にも及ばないほどの、釣り合わない恋をしている友人を。

葉山くんも葛藤《かっとう》したことあったのかな。――あるよな。ないわけがないよな。

それでも凛《りん》と顔を上げ、前へと歩みを進める葉山託生と、その想い人に、過去、政貴は救われた。

本音に気づかず、見誤り、果ては嘘《うそ》をつき続けていた過去の自分。拗れてしまった人間関係を、ほぐして整えてくれたのが、葉山託生の想い人である。

彼は愚かな友人《政貴》を、ずっと見守ってくれた。

激しく入り乱れる様々な感情の奥の奥、不透明な底に沈んでいる本音を探るのには時間、と機会が必要だ。

自分が見守られたように——。

「だったら、返事は保留でいいんじゃないかな?」

「……保留?」

「まだ返事はしてないんだろ? 中郷は、いつまでに返事をしてくれと言ってた?」

「あ、……帰るまでに」

「って、今日?」

「……今日」

「これはまた——」

断られない自信があるのか、せっかちなのか、むしろまったく自信がないのか。「そうだ。全国大会に進出できたら付き合うのを一考しても、いい。とかは?」

「え……」

律がやや引きながら政貴を見る。「そんな卑怯《ひきょう》な取引はできない」

「卑怯……」

ぼそりと繰り返して、政貴は噴き出す。「確かに！　ごめん、今のは、なし」

そうか。涼代くんのこういうところに、もしかして惹《ひ》かれたのかな、中郷壱伊？

全国大会進出と引き換えに、は、冗談としても、

「さすがに今日中に答えを出すのは性急すぎるよ。涼代くんにしたら、中郷の告白は寝耳に水だし」

「……うん」

「どうせ、どう断っても角が立つし」

「や、やっぱり、そ、そうなのかな……？」

「文化祭まで返事を待ってもらうのは？　中郷が部活を引退するまで。そしたら約三ヵ月の猶予ができる」

「学院の文化祭って、今年も秋？」

「そのはずだよ」

「どうして、文化祭まで？」

「文化祭までに、俺たちは吹部の指導に何回かは、ここを訪れることができる。涼代くんは中郷との接点が持てる。結果断る気持ちが変わらなかったとしても、涼代くんはまだ、

中郷のことをなにも知らない。──知りたいだろ？　中郷のこと。角が立たないようどんな断り方をしようとも、今日断ってしまったら、中郷から涼代くんの芽は消える。中郷がどんな人間かを知るチャンスは、多分、もう、二度とはこないよ」

──中郷から涼代くんの芽は消える。

「消える……？」

政貴の言葉が、鋭く律の胸を突く。

消えるのか？

さっきのキスも？　告白も？

考えもしなかった。角が立たないよう断れば、穏便に、昨日の続きが明日に繋《つな》がっているのではないのか？

「今日は返事ができないかわりに、また祠堂《ここ》へ指導にくると伝えるといいよ」

政貴が続ける。

意識して気持ちの奥の奥底を、あらゆる感情を掻《か》き分《わ》けて、深く慎重に覗き込まなければ、自分の本音ですら見極められないものだ。

見極めるには、時間と、機会が、必要だ。

それでも──。

「──人は、ある恋を隠すこともできなければ、ない恋を装うこともできない……」

政貴の呟きに律がぴくりと反応する。

「の、野沢くん、今の、なに？」

「いにしえの賢者のお言葉。そして、経験者は語る。かな？」

にっこり笑って、政貴は密《ひそ》かに決意する。

かつて自分が見守られたように、政貴も、律と壱伊を見守ることにした。


三十分の休憩後に行われるコンクール課題曲の全体練習は一時間。そこから一時間の昼食を兼ねた休憩を挟んで、午後からは、自由曲のパート練習を一時間、三十分の休憩を挟んで全体練習を一時間。

というのが本日のタイムテーブルで、多少の時間の前後はあるし、改善点だらけの自由曲の全体練習はおそらく楽勝で一時間を超える。

校舎があまりに森閑としていたからか、どこにこんなにたくさんの生徒が⁉　と律が目を丸くするほど昼時の学食は賑《にぎ》やかにごった返していた。

土日に外出する生徒は多いが、寮のベッドで昼近くまで惰眠を貪《むさぼ》る生徒も多い。

学院を何度か訪れているけれど、律が学食を使うのはこれが初めてであった。前回も、人見知りが激しい律は、政貴に学食へと誘われたが断って、昼食用にコンビニで買っておいたおにぎりなどを音楽室の隅でひとりで食べて済ませていた。

様子も勝手もわからない、人の多い空間。──律の苦手とする要素が満載である。

「涼代さん、メニュー、なにがいいですか？」

券売機の前で壱伊に訊かれる。手には財布。

「い、いいよ。自分で払う」

律も慌てて財布を出し、──そんなにお金が入っていないことを思い出した。

「涼代くん、食事代は部で持つよ？　俺も中郷部長に払ってもらうし、遠慮しなくていいから」

すかさずの政貴のフォローに、

「そ、うなん、だ？」

律は安堵《あんど》する。

「季節限定の冷やし中華もいいけど、ここはやっぱり、トンカツ定食かな」

政貴が言う。「涼代くんも、遠慮しないで好きな物を頼むといいよ」

「う、うん、……えーと、なにがいいかな」

「俺のオススメは冷やし中華と単品の唐揚げのセットです」

壱伊がふたつのボタンをスッスッと示す。「唐揚げをさっぱり食べたいなら大根おろしの小鉢もつけられます」

そして三つ目のボタンを。

「え、えと、な、中郷くんは、なににするの？」

「俺は、親子丼《おやこどん》と、なめこのみそ汁と、単品のコロッケと唐揚げです」

「……多い」

「チキンがダブルだ」

綱大がからかう。「このチキン好きめー」

「ツナだってどうせ唐揚げ頼むんだろ？」

「おう、頼む。あと、あ！　揚げ出汁《あげだし》豆腐がまだ残ってる！　奇跡だ！　と、カツ丼」

「ならメンチはいらないな」

「待て。メンチも残ってるのか？　イチ、メンチも」

「はいはい」

一気にチケットを購入して、料理を受け取るカウンターへ並ぶ。

視線が気になる。

列に並んでいるだけでも絵になる壱伊が自然と周囲の視線を集めるのは、それはそうだろうなと納得するが、――あれ？　もしかして、野沢くんも、渡辺くんも？

しまった。

自分が見られているわけでもないのに、人目を避けるために律はゆっくりと政貴の陰に移動する。

ふと、目の前に壱伊の背中が現れた。

政貴と楽しげに話す壱伊と、政貴とで、律はすっぽりとふたりの陰に入る。

無意識にほうっと息が零《こぼ》れた。

まがりなりにもトロンボーンの演奏家を（なれる、なれないは別にして）志しているのに、人目が苦手とか。克服しないといけないのに、自分が見られているわけでなくても、逃げ出したくなる。

トレイにオーダーした物を載せて、空いている席へと。

テーブルは六人席が基本で、相席も基本だ。

四人まとまっては座れそうになくて、隣同士でふたつ空いた席をみつけた政貴が、

「あそこ、涼代くんと中郷で座りなよ。俺、あっちに座るから」

政貴がひとつ空いている席を示す。

「え……？」

中郷くんと、ふたり⁉

動揺する律が返事をする間もなく、政貴がそっちへ行ってしまう。一昨年度の卒業生で後輩にまだ顔見知りがたくさんいる政貴は普通に在校生たちに溶け込んで、楽しげに食事

を始めた。

綱大も、吹部の仲間が何人か座っているテーブルで既に食事を始めている。

「涼代さん、こっち」

つっと肱《ひじ》を引かれて、律は動揺したまま、壱伊とふたつ空いた席へ向かう。

そのエスコートのスマートさ。――手慣れた感じに、律は更にどぎまぎする。

知らない顔ばかりの六人席。

「おっじゃまっしまーす」

壱伊が座り、ぎこちなく会釈してから律も座る。

「……中郷、吹部の先輩？」

ひとりがこっそり壱伊へ訊く。律のことだ。

見慣れない顔なので先輩だとしても政貴より上の年代と思われているのかもしれない。

いただきます。と、両手を顔の前で合わせてから、律にも食事を促して、頬《ほお》をぱんぱんに膨らませる勢いで壱伊はもりもり食べ始める。

壱伊オススメ冷やし中華は酸っぱさの塩梅《あんばい》が律の好みにぴったりで、大根おろしをのせた熱々の唐揚げも抜群に美味《おい》しかった。壱伊に勝手に決められてしまったメニューだが、大正解であった。――自分では多分、選ばないメニューだ。

さくさくと量が減ってゆく壱伊のトレイ。

旨《うま》い旨いと食べながら、

「先輩、の、ような？　じゃ、ないような？」

曖昧に、そして楽しげに答えた壱伊は、「なんと、学園の吹部の先輩です！」

と、律を皆へ紹介した。

「学園？　兄弟校の？」

「へえええぇ」

「中郷、学園の吹部って、うちの吹部よりうまいのか？」

「知らない」

即答した壱伊に、

「出た、中郷の、知らない」

皆がドッと笑う。

「中郷とくれば。知らない。面倒臭《やりたくな》い。興味ない」

「三ないの中郷」

からかって、皆がまた笑う。

笑われても壱伊はケロリとしたもので、

「知らないものは知らない」

と、流す。

三年生ともなると、二年以上寮生活を共にしている仲間だし、一度も同じクラスになったことがなくても全員の名前と素性くらいは把握しているよ。

政貴の解説。

同じ祠堂でも、同級生との繋がりも、学院と学園では相当違う。

「中郷くんてば部長のくせに、兄弟校の吹部に対してこんな失礼な態度で、ホント、すみません」

冗談交じりに謝られて、

「や、いや、だ、大丈夫、です、気にしなくて、ぜんぜん」

律はおどおどと返す。

「おい。圧をかけるな。涼代さんは繊細なんだから」

「すずしろさん、楽器、なにやってるんですか？」

「こら、いきなり馴れ馴れしく名前を呼ぶな」

「ト、トロンボーン、を……」

「トロンボーン？　中郷と同じだ」

「あれ？　ってことは──」

言いかけたひとりが、ちらりと政貴の方を見てから、「もしかして、野沢先輩と同じ音大ですか？」

と訊く。

「……あ、はい、……ぅです」

「じゃあ葉山先輩とも同じ音大だ」

「葉山先輩って、楽器、バイオリンだよな？」

「そう、そう。使ってるの、なんだっけ、スト――？」

「ストラディバリウス！　億とかするやつ！」

「億⁉　すっげー」

「え？」

律はぽかんと顔を上げる。「……ストラド？」

そうだったか？　そんな凄い名器を使っていたら、もっと噂になりそうなものなのに。

「放課後に葉山先輩が温室で個人練習してるの、部活でランニングしていたときにうっすら聴いたことがある。へえ、あれそんなに高いバイオリンだったのかー。もっとちゃんと聴けば良かった」

「……葉山くんって、どこかの御曹司だったのか……！」

知らなかった。

「あれってギイ先輩からの借り物なんだろ？」

……ぎい先輩？

「借り物？　プレゼントなんじゃないの？」

「億する楽器を？」

「ギイ先輩なら楽勝じゃん」

「確かに！」

……ら、楽勝？　ストラドをプレゼントするのが？

ま、待って。だって、ぎい先輩が高校生のときの話を今、してるんだよね？　高校生なのにストラドをプレゼントするのが、楽勝……？

目を丸くしっぱなしの律に、

「涼代さん、葉山先輩からギイ先輩の話って、聞いてないんですか？」

壱伊が尋ねると、律はこくりと頷いた。

途端に、彼らがぴたりとその話題をやめる。

――え？

そして、まったく別の話題に移った。

――――え？

「あの、あ、ぎ、ぎい先輩って、もしかして、ニ、ニューヨークに住んでる？　とか？」

ぽそりと律が訊くと、

「あ、はい！　現在、住んでるかはわからないですけど、実家がニューヨークのマンハッタンだそうです」

なんだ、聞いてるんじゃないか。という安堵が彼らの表情に溢《あふ》れた。

ぎい先輩の話って、部外者にはタブー、なのかな？　もしかして。

「……そ、そうなんだ。えと、じゃ、留学生ってこと？」

「そうです」

「が、学院って、インターナショナル、なんだね」

「レアケースですよ。──なんか、全部がレアケースでした。ギイ先輩」

ひとりが言うと、壱伊も含め、皆が一斉に頷いた。

全部がレアケース。

隣にいる壱伊ですら、律からすれば、とてつもなくレアケースな存在なのに？

──祠堂学院、奥が深い……。

「そうだ中郷、担任が、志望校を変えてくれないかなあってぼやいてたぞ」

「中郷、志望大学、どこだっけ」

「T工業大学」

「──うわ。偏差値七十弱のとこだ」

「しかも単願だろ？」

「ありえねーっ」

「なんだってそんな無茶なトコを」

「当然だろ。俺、ナカザト音響の跡取り息子なんだから。うちの社員にT工大の卒業生が多いんだよ。勉強は死ぬほど大変だけどそれに見合って余りある、超絶に面白い大学なんだってさ」

「そうなのか？　てか中郷、経営者の跡取りなんだから、製品を作る方じゃなくて、経営の勉強をすべきでは？」

「はあ？　なんでだよ。製品の良さがわからないと自信持って売れないじゃん。自社製品が理解できない経営者とか、そっちの方がありえないだろ」

どちらの言い分が正しいか、の、以前に、律にはそもそもの基準がわからない。

「……偏差値七十？　って？」

音大の受験ではさほど偏差値は重要ではない。肝心なのは実技である。主科と副科の楽器の演奏と、聴音と視唱。

名前に『祠堂』と入ってこそいないが都内に系列の四年制の大学がある。希望すれば、ほぼそのままエスカレーター式に進学できる。学園生の多くがそのエスカレーターに乗るので、音大進学という律の特殊な受験事情だけでなく、受験勉強がハードであるという話題はあまり学園では交わされていた記憶がない。

そういえば、その大学に学院からの進学者をみかけないと、誰かが驚いていたっけな。

となると、学院では外部受験ばかりなのであろうか。

「厳密に説明すると長くなるので、ざっくりいうと、百点満点のテストでコンスタントに百点を取るレベルです」

正面に座った生徒に教えられ、

「……コンスタントに、百点……？」

律は愕然《がくぜん》としながら壱伊を見る。「な、中郷くん、頭も、すごく、良いんだね」

偏差値は、テストの平均点を偏差値五十として算出するので仮にテストで七、八十点取っていてもそれが平均点に近ければ偏差値は五十付近となる。偏差値七十以上の人は（正規分布の場合）上位のたった二・三％ほどしかおらず実際のテストの平均点はたいてい五十点よりも上なので偏差値七十とは、ほぼほぼテストで常に満点を取るレベルなのだ（強引）。

「違います違います、すずしろさん、逆です。中郷の担任からは自分のレベルを弁《わきま》えて志望校を選ぶべきだと心配されてて、そういう意味で志望校を変えてくれないかなあって。なのに頑《かたく》なに変えようとしないから、嘆かれてるわけです」

「……そ、うなんだ？」

「やめろよ涼代さんの前で、その言い方。俺がものすごく頭悪いみたいじゃないか」

「分不相応な大学を狙うあたりは、あんまり賢い選択じゃないよな」

「うるさい」

「渡辺なら受かりそう」

「綱大？　ああ。だよな。っていうか、あいつ、なんだって祠堂に来たんだろう？」

「ガリ勉ってわけでもないのに、ナチュラルに成績良いよな」

「学園と学院を間違えて、とか？」

「ないない。学園は学院よりも偏差は低──。あ、すみません、すずしろさん」

謝られ、律は曖昧な笑みを返す。──兄弟校の偏差値の違い。なんて、今まで一度も意識したことがなかった。

学費は断然、学院が高い。全寮制なので当然だ。……そうか。偏差値も、なのか。

「なんで音大行かないのさ、中郷？」

──音大？

律は、またしても壱伊を見る。

「そうだよ、トロンボーンの天才なのに、なぜにその才能を伸ばそうとしない」

「中郷なら世界的な演奏家にだってなれそうなのに」

……あ。

世界的な演奏家。

それは、律の、見果てぬ夢である。

「いいんだよもう、トロンボーンは。俺的にはもう充分にやったから」

「ほら、二言目にはまたそれだ」

「親の命令で祠堂にきたけど、部活までは命令されてなかったから、高校からは運動部に入るつもりだったし、他の楽器をやるしかなかった野沢先輩のために、野沢先輩の代わりにトロンボーン吹いてただけだし」

「——ふぅ。わかってない」

「そうだそうだ。中郷は、自分のトロンボーンの価値を低く見積もりすぎている」

「唯一無二の才能を持ってて、なんでそれを活《い》かさないんだ？　もったいない」

「だから、とっくに気が済んでるって言ってるだろ」

もう。

と、子どものように口を尖《とが》らせる壱伊の、どんな表情でも様になる美しい造形に、律は見惚《みほ》れながらも、だんだんと胸が苦しくなってきた。

唯一無二の才能。

望んだからって、得られないのに。

最初から手にしていたから、自分にとって〝有る〟のが当然の〝普通〟のもので、だからこの子にはさほどの価値が感じられないのだ、きっと。

でもね、皆、喉《のど》から手が出るほどにその『才能』を欲している。

血を吐くほど努力して、それでも得られるかどうかわからないもの。——律がどう望んでも、どんなに努力したところで、おそらく、得られないものだ。

……ずるいな。

だったらその才能、僕にくれよ。いらないのなら、簡単に捨ててしまうのならば、その才能を、僕に、くれ。

……つらい。

なんだよ、これ。

なんて憎たらしいんだ、天才とは。

中郷壱伊が天才なのはわかっていたのに。憧れて、羨んで、少しでも近づきたいと願っていたけど、――間違ってた。

ああ……。中郷壱伊と付き合うということは、常に劣等感に、それも強烈な劣等感に晒《さら》されて、苛《さいな》まれるということか。

「……まるで地獄だ」

そんなの、耐えられるわけがないじゃないか。

よっぽどあの場《学食》で壱伊からの申し出を断ろうかと昂《たかぶ》ったが、政貴の言葉が脳裏をよぎって、とどまった。

断るのは一瞬だ。

一瞬で、政貴曰《いわ》く、壱伊から律の芽は消える。

『涼代くんはまだ、中郷のことをなにも知らない』

ああ、知らない。

『――知りたいだろ？　中郷のこと』

知りたかった。……でも。

壱伊と友人たちの会話を聞いていて、理解した。

『もう子どもじゃないからって』

慣れない指揮で苦労している部の後輩を突き放し、

『中郷とくれば。知らない。面倒臭《やりたくな》い。興味ない』

呆れ半分に皆にからかわれ、

『うるさい』

と、友人の忠告を素っ気なく一刀両断にした。

なんという執着の薄さ。だからトロンボーンを、音楽を、あっさりと手放してしまえるのかもしれない。

悔しいほど、演奏に於《お》けるすべての才能に溢れているのに。

律が申し出を断ったならば、

「わかりました。じゃあ、なかったことに」

簡単に、それきりになりそうな気がした。

「……なんだこれ」

いったい、どうすればいいのだ？

奇跡のように繋がったのに、律と、壱伊が。なのに、行くも地獄、戻るも地獄だ。

付き合うのは辛《つら》い。でも、壱伊の中から律が消えるのは……、もっと辛い。

やばい。

好きだ。

どうしよう。

「こんな形で自覚させられるの、ひどいよ……」

なんで付き合おうなんて言ったんだよ。

「――飲む？」

目の前にすっと差し出された麦茶のペットボトル。

律はハッと顔を上げ、

「あ、りがとう、野沢くん」

素直に受け取った。

気づけば喉がカラカラだった。

やることがあるのを思い出したと理由を付け、せっかくの美味しいランチだったのに、残りを一気に掻き込むようにして食べ、学食を後にした。

用事などない。あの場から離れるためのただの方便だったけど、人目を避けるようにして当てなく歩いていたら、誰もいない静かな校舎の中庭に木陰のベンチを見つけた。

午後の練習が始まるまでにどうにか、と、懸命に気持ちの整理をする。

こんなにぐちゃぐちゃな気持ちでいたら音楽の指導なんてとてもできない。

そこにするりと現れた、政貴。

「このメーカーの冷たい麦茶、夏になると登場する増量タイプの誘惑に、つい負けてしまうんだよなあ」

笑いながら、律の隣に腰掛けた。

ぷしっとキャップを開けて、ふたりとも、まずは一口。

冷えていて、美味しい。

そして律は、少し、ホッとした。

「……野沢くん、麦茶に砂糖、入れるタイプ?」

「砂糖？　さすがにもう、入れないなあ」

「子どもの頃には、親が入れてくれてた?」

「夏の手軽な甘い飲み物としてね。涼代くんちは？」

「うちも。……煮出すやつ？」

「煮出してたような……、いや、ボトルで水出しに変わってたかな、途中から」

「うちも、パックの麦茶の水出しされたのが、冷蔵庫のポケットに入れられてた。でも、煮出した麦茶の方が味がしっかりしてて好きだった」

「わかる。ただ、煮出したのって足が速いんだよなあ。すぐ傷んで飲めなくなっちゃう」

「……うん」

「麦茶のペットボトル一本で、涼代くんのことをあれこれ知れてお得だったな。あんまり自分のこと話さないものね、涼代くん」

「……苦手だし」

「中郷とも、なにか話した？」

「……少し」

「全体的に困ったヤツだろ？」

政貴は明るく、「屈折したところがぜんぜんなくて、常にまっすぐ来られるから、却《かえ》ってこっちが面食らうんだよな」

「すごくあっさりしてるのに、……野沢くんのことは、ずっと好きなんだよね？」

「らしいね」

「野沢くんも、……っていうか、中郷くん、野沢くんと、付き合えば、いいんじゃ、……ないかな」

「それは無理だよ。俺、恋人いるし」

「えっ⁉ そ、そうなの、かい？」

「しかも高校時代から付き合ってるから」

「そ、そのこと、中郷くん……？」

「もちろん知ってるよ」

「……それで、野沢くんに、片思い、とか？」

「いやいや、俺のことは、そういうんじゃないから。別に中郷は、俺に恋してるわけじゃないよ」

「そ、そうかな……」

「音大の受験、決意したのが遅くって。進路に迷っていたから。でもやっぱり挑戦したくなって、いざ決意したものの準備が間に合いそうになくてジタバタしていたときに、葉山くんと中郷が手伝ってくれたんだ。実技を指導してくれたのが中郷で、聴音とか楽典とかを教えてくれたのが葉山くん」

「……実技の指導？」

「教えましょうか？ って中郷が申し出てくれて、先輩の沽券をかなぐり捨てて教えてもらうことにした。そしたら、役に立てて嬉しいと言ってくれて。中郷、裏表がないから、やりたくないときはやりたくないとはっきり言うし、誰が相手でも、俺にでもね。だから俺も安心して面倒ごとにつきあわせられる」

「……や、やっぱり、野沢くんに、恋人が、い、いたから、告白しなかった、だけ、じゃないかな」

「本人もはっきり否定しているよ。渡辺が常に疑うから、いちいち否定してる。俺も、違うと思ってる。そういうんじゃないって」

政貴の説明を鵜呑みにはできないが。

「……よく、沽券《メンツ》をかなぐり捨てられたね」

先輩としての面子。上手、下手に、かかわらず。

「いや、それはもう、背に腹はかえられない状況にまで追い詰められていたからね。高校ではまったく吹いてなかったから、挽回《ばんかい》するには手助けが必要で」

「今も？」

「今？」

「……沽券」

「あー……、どうかなあ。俺は、とっくに白旗を上げてるから、トロンボーンはとても中郷には敵《かな》わないって。でも、……どうかなあ」

「僕たちをこんな気持ちにさせるのに、なのに中郷くん、トロンボーンは高校までで、やめちゃうんだね」

「ねえ？　もったいない話だよねえ」

「……無理、だと、思う」

「え？　なにが？」

「中郷くんと、付き合う、とか、ぜんぜん、無理」

「文化祭まで結論を待てないくらい、無理？」

「ずっと、……ずっと、ざわざわしてて」

律はシャツの胸のあたりをぎゅっと握ると、「腹が立ったり、理解できなかったり、やけにエスコートし慣れてて、ああ、モテてきたんだなって、イラッてしたり、もう、ホント、感情がせわしなくて、顔を見ると、苦しいし、嬉しいし、見たくないのに、見たくなるし、けど、僕には、付き合おうって言われるような、価値なんて、ないし」

「中郷には、ついて行けない？」

「僕には無理」

「付き合いたくない？」

「そ、……それは……」

「正直に言うと、俺にも、どうして中郷があんなに俺を気に入って、いろいろ良くしてくれたのか、まったくわからないんだよ」

しかも見返りを求められたこともない。「ただ、あれは恋ではない、ということは俺にもわかる。その証拠に、中郷は俺を追いかけて桜ノ宮坂に来るとは言わない」

「――あ」

そうだった。

「なんなら中郷は親友の渡辺とデキてると一部の生徒からは思われてるし、一年生のときに寮で同室だった都森とデキてる、とも、思われてる」

「――え？」

「他人との距離感が独特だからな、中郷は。素っ気ないと限りなく素っ気ないが、平気で一肌も二肌も脱いでしまうところもある。興味のあるなしの温度差がすごいし、他人にはまったく関心がないかと思うと意外なところを評価していて誉《ほ》めたりして、なかなか一筋縄ではいかないんだよ。その中郷が涼代くんと付き合いたいと言うのなら、俺は、応援したいと思ってる。――涼代くんに強制はできないけどね」

「……とことん釣り合わないのに？」

「まあ、男同士ってところでハードルはがつんと上がるけど、釣り合うかどうかっていうのは、……スペックで中郷に釣り合うような子は、この世には滅多にいないと思うし」

トロンボーンの天才、御曹司、モデル並みのルックス、その他諸々《たもろもろ》。

「……この世には、滅多にいない……」

「なにより中郷は、釣り合うとか、そういうこと、まったく気にしてないだろうし」

他人の目を気にしない。外見や雰囲気のせいで敬遠されがちな都森清恭をつもりんと呼んで無邪気に懐き、誰にどんなふうに都森の悪口を吹き込まれても、右から左へ流していた。いちいち反論はしない。だが、影響もされない。

壱伊がシンプルすぎるので、年を重ねるごとに難しくなる対人関係の方程式を他の皆へするように当てはめようとすると、こっちの脳がショートする。

その壱伊が、自ら付き合いたいと思った人。

そして、（なんと！）告白した人。

「そうだ。話は変わるけど涼代くん、成田の指揮、どうだった？　午前中の全体練習で、なにか気づいたことあったかい？」

「あ……、うん、少し」

「良かったー、さすが涼代くんだ。それ、成田にアドバイスしてあげてくれないか？」

「や、いや、でも、……聞いてくれる、かな」

三年生たちのアドバイスを撥《は》ね付《つ》けるくらいなのだから、ほぼ初対面の律のアドバイスなど、受け入れないのではあるまいか。

「成田が聞く耳を持つかどうかはわからないけど、伝えないことには始まらないから」

「……うん」

それは、そうだ。「駄目、元、だね？」

「そう、駄目元で」

「……わかった」

と校舎のあちこちから楽器の音が聞こえ始めた。一時間の昼休みが終わり、午後のパート練習が始まったのだ。

「あっ！　野沢先輩発見！」

上の階の教室のベランダから、大声で呼ばれる。壱伊の声だ。「野沢先輩！　自由曲のアレンジャーなんだから、責任持って俺のソロ、練習見てください！」

「わかった！　今からそっちに行くよ！」

政貴も大声で応えて、ベンチから立ち上がる。

「……アレンジャー？」

「コンクールの自由曲を編曲したんだ。せっかく中郷がいるんだから、トロンボーンで難しいソロをバリバリに吹いてもらおうと思って」

「野沢くん、……編曲、するんだ？」

「あ、涼代くんは、作曲の講義は取ってないのか」

「教職だけでいっぱいいっぱいで、作曲までは……」

あれ？　でも、「野沢くん、も、教職……？」

「涼代くんも行くだろ？　まだ完全には仕上がってないけど、中郷のソロ、圧巻だよ」

――行く！　聴く！

律はすっくと立ち上がり、急ぎ足で政貴の後を追った。

やけにギャラリーが多い。教室の中へは入らずに、物見高く廊下から覗き込んでいる他パートの部員たち。ところが、まったく楽器の音がしていない。

僅かに不審を感じつつ、

「ごめん、通してもらうよ」

生徒たちを掻き分けて政貴が教室に入ると、意外なことになっていた。

吹奏楽部の顧問の男性音楽教師と、――あの女の人たちは誰だ？

やけににこにこと愛想良く、顧問が壱伊と話をしている。壱伊も笑顔を作っているものの、当惑している様子だった。

「やあ、野沢くん」

政貴に気づいた顧問が、愛想良く政貴へも声を掛ける。「きみが編曲したんだよね、自由曲。こちらは、他県の公立高校で音楽を教え、吹奏楽部の顧問もしてらっしゃる、音大時代の先輩と、中学生と小学生の娘さん。ふたりとも、先輩と同じくピアノをやってらっしゃるそうなんだ」

「こんにちは。野沢くんはここのOBなのね？」

にこやかに訊かれたものの、政貴も面食らうばかりである。

突然の来訪、事前連絡なし。しかも部外者、それも男子校に女性と女の子がふたり。

女の子たちは壱伊を前にして、はしゃぐというより、顔を真っ赤にしながらもじもじしていた。壱伊の迫力ある美しさは、初対面の人を気後れさせる。

「ちょうど近くまで娘たちと家族旅行に来たので寄らせてもらうことにしたの。噂の中郷くんのソロがとても素晴らしい出来だと耳にしていたから、ぜひ聴かせてと頼み込んだのよ。練習を見学させてもらっていいかしら？」

尋ねながら、許可も待たずに彼女は手近な椅子を引き寄せて座る。

「あ！　もしかして、これが中郷さんのトロンボーンなのね！」

「わーっ！　ぴかぴかしていてキレイー！」

姉妹が、机に置かれていた壱伊のトロンボーンに無邪気に手を伸ばした。

「触るなっ！」

聞いたこともない壱伊の一喝が教室に響く。

「きゃっ!」

驚いて姉妹は手を引いたものの、弾みでトロンボーンが机から滑り落ちる。

トロンボーンのパート仲間も、廊下の部員も、皆、息を呑んだ。教室内の空気が一瞬にして凍りつく。

壱伊は咄嗟に手を伸ばしたが、トロンボーンの落下には間に合わなかった。が、誰かが間一髪、チューニングスライドの部分を捕まえた。おかげで床へ直下するのは免れたが、スライドがかんっと床へ滑り落ちた。

ああああ。

政貴には、皆の心の悲鳴が聞こえた気がした。

しかも無理な体勢で飛び込んでチューニングスライドを攫《つか》んだ律は、バランスを崩して肱から机へと倒れ込んだ。ちいさな机ごとガタタタッと揺れたが右手で攫んだトロンボーンは決して離さず、左手で机の端をぐっと攫んで転倒に耐える。

「……ったた」

「涼代さん⁉」

駆け寄る壱伊は律を助け起こし、「肱、擦りむいてます。医務室、案内しますね」

言うと、律の手からトロンボーンを受け取り、床に当たってしまっているスライドを引き寄せ（幸いにして、U字の先端にある石突きのおかげで金属部分にダメージはなさそう

だった)、バッと政貴を見る。

政貴が壱伊へと手を伸ばすと、

「お願いします」

と、トロンボーンを任せた。

「音楽室、行ってるから」

政貴が言う。

「わかりました」

と頷いて、壱伊は律のケガをしていない方の肱を引く。

「や、だ、大丈夫、だよ? お、大袈裟にしなくて。擦り傷だし」

「はあ? 肱から落ちて、肱に全体重かけたじゃないですか。本当に大丈夫かどうか校医の中山《なかやま》先生に診てもらいます」

譲らない壱伊はぐいぐいと律の肱を引いて、教室を後にした。

急ぎ足で廊下をゆく途中で、

「……あ、りがとうございました」

壱伊は律へ、トロンボーンを助けてもらった礼を言う。

しゃんとしていたいのに、声が震えた。

金属でできた製品といえば世間では頑丈の代名詞だが、楽器はその限りではない。緻密《ちみつ》で繊細な製品である。

楽器によっては、絶対に（素人は）いじってはいけない箇所まである。

そこまでではなくとも、できれば触ってもらいたくない箇所も。

代表的なのはフルートやサクソフォンなどのキーまわりだ。ぎゅっと圧をかけて握られてバネが外れたり狂ったりしたならば即刻リペア行きだし、タンポに凹《へこ》みが付きすぎてもリペア行きで、たとえば希少なオールドバイオリンならば修復（再現）の難しいボディのニスが皮脂で変質しないよう素手では触らない、とか、つまり、楽器ごとに安全な持ち方があるのだ。構え方、ではなく、持っても大丈夫な箇所が。

個人の楽器を持つ演奏家と顕著に違うのがピアニストだ。行った先、行った先の、そこにあるピアノを演奏するので、個人が所有する楽器に対する感覚が、その他の楽器演奏者より希薄である。迂闊《うかつ》に自分の楽器に触ってくれるな、という真剣さを、うまく共有できないことも多い。

そのデリケートな楽器を落とすなど、壱伊はただの一度もしたことはない。落とさないよう、ぶつけないよう、傷付けぬよう、常に細心の注意を払ってきたからだ。

間に合わない！　と悟ったとき、絶望に見舞われた。

最悪のコースが脳裏で展開される。

ぶつかって一ヵ所でも凹みができたら、音色も変わるし吹き心地も変わる。トロンボーンの場合には、最も気をつけねばならないのはスライド部分だ。それでなくとも曲がりやすいスライドの内管と外管の間には〇・二ミリほどの隙間しかない。隙間が潰《つぶ》れれば当然スライドは動かなくなる。もしくは、動きが悪くなる。打ち所が悪ければプロのリペア師に修理を依頼するしかない。そうなったら、コンクールでは代理の楽器で演奏しなくてはならない。

あの難解なソロを、使い慣れないトロンボーンで。

しかも壱伊はF管のないテナートロンボーン奏者である。市場で絶対数の少ないテナートロンボーン。その上で、音色や感触、重さや吹き心地、すべてが気に入るテナートロンボーンがすぐにみつかるはずがない。

終わったと思った。

ほんの数歩の距離なのに。

部長として、楽器片手で来客に挨拶するのは失礼かと思ったのだ。――予定にない来客で、招かれざる客だとしても。

まだ肝が冷えている。

声だけでなく、手まで震えていた。

しかもトロンボーンだけでなく、律にケガをさせたかと、それも自分の楽器のせいで。

二重に血の気が引いたのだ。

「な、なんか、あの女の子たち、危なっかしいな、と、思って。それにしても良かった、チューニングスライドが、すっぽ抜けなくて」

努めて明るい声で律が言う。「ジョイント部分が、固めだった、おかげ、だな。あ、で、でも、スライドは間に合わなかった。ごめんね、中郷くん」

「……いいえ」

咄嗟に、身を挺《てい》して楽器を守る。

そういうとこ。そういうところ、なんだよ！

たまらずに、壱伊は立ち止まり律をぎゅうっと抱きしめた。

「な、かざと、くん？」

驚いたものの、律は拒まず壱伊の腕の中にいてくれた。

——壱伊が震えている。

ここがすべて繋がっているいくつかある校舎のどのあたりかは不案内な律にはわからないが、周囲に人影はなかった。てんでに散らばって練習している吹部の楽器の音も、聞こえてこない。誰にも見られていないから、律は、壱伊の背中を手のひらでさすった。

壱伊の体の震えが収まるように。慰めるように。励ますように。

こんなに動揺が長く尾を引くほど、壱伊は自分のトロンボーンが傷つくことを恐れていた。あっさり捨てようとしている音楽の道、けれど、薄情ということではなかった。

違ってた。

『涼代くんはまだ、中郷のことをなにも知らない』

ああ、知らない。

『――知りたいだろ？　中郷のこと』

ああ。知りたい。

知りたいよ野沢くん、中郷くんのことを、もっと、ちゃんと。

「……涼代さん、いい匂《にお》いがする」

耳のそばでぼそりと壱伊が言う。

「えっ⁉　そ、そんなはず――」

いい匂いをさせるような要素が律にはない。

「俺、涼代さんの匂いも好き」

ぼそりと壱伊が続ける。

律は、きゅっと、息を呑んだ。――匂いも、好き？　も？　好き？

唐突に付き合おうと言われたけれど、そうだ、好きとか、そういう告白はなかった。なかったけれど気持ちは伝わっていた。ただどうして自分と付き合いたいのか、――好かれたのか、それはちっともわからなかった。

顔面蒼白《そうはく》で、震えまで止まらなくなるほど大事にしている楽器を、誰にも触らせないであろう自分のトロンボーンを、けれど一も二もなく政貴に預けた壱伊。

絶大な信頼を寄せていて、だから、自分は政貴の次に好かれているのかな、とも、思っていた。

「……涼代さん、祠堂学院のこと、嫌いにならないでくださいね」

またしてもぼそりと壱伊が続ける。

「が、学院を嫌いに？　なんで、僕が？」

寝耳に水の発想である。

「来るたびに、嫌な思い、させてるから」

「毎回ってこと？　ま、まさか、そんなことは、ないよ？」

「俺もやらかしちゃったけど、——突き指したのって、どの指でしたっけ？」

「……え？」

突き指のこと、どうして壱伊が知っているのだ？

「野沢先輩から聞きました。あのとき、平気なふりしてましたけど、突き指しちゃってたんですよね？」

演奏には支障ないようだからあまり心配しないように。と政貴は付け加えたが、壱伊は心配だったし、なにより、忘れられない出来事《シーン》だった。

指導者として吹奏楽部へ二度目に来てくれたときだ。音楽室での全体練習で、パーカッションにアドバイスをしに行くとき、床のなにかに躓いたか、狭くてごちゃごちゃしているパーカッションエリア、なにかにぶつかったかして律はバランスを崩した。

転ばないよう反射的にどこかに摑《つか》まろうとして、目の前にあったティンパニに手を伸ばした。だが律はティンパニに摑まることなく、そのまま床へもろに転んだ。

あのとき。

派手にずっこけて、笑って誤魔化した律を皆も笑って、意外とそそっかしいんですね涼代さんなどとパーカッションの部員から軽くからかわれたりしていた。

——あのとき。

ティンパニのヘッドに手が伸びて、摑まった衝撃でヘッドを傷めてしまうわけにはいかないと咄嗟にフープに移り、それもやはり躊躇《ためら》われて、床へ転んだ。

律の指先が、そう、動いていた。

「涼代さん、バランスを崩して転びそうになったとき、楽器に直に手を突きたくなくて、ティンパニを避けてもろに床へ転んだ拍子に突き指しちゃったんですよね。——俺、それ、トロンボーンの位置から見てました」

「……中郷くん…………？」

見られてた？　しかも、転んだのを、ではなく、どうして転んだのか、を？

『他人との距離感が独特だからな、中郷は。——興味のあるなしの温度差がすごいし、他人にはまったく関心がないかと思うと意外なところを評価していて誉めたりして、なかなか一筋縄ではいかないんだよ』

律の皮膚に一斉に鳥肌が立った。――政貴が言っていたとおりだ。

壱伊は律を少し離すと、

「突き指したの、どの指ですか？」

誤魔化しは利きませんよと言わんばかりに顔を覗き込んで訊く。

中郷壱伊。ああ、なんて綺麗な造形なんだろう。なんて綺麗な、瞳《ひとみ》なんだろう。

感動で胸が苦しい。見られていて恥ずかしい、ではなく、見ていてくれた人がいて、とても、嬉しい。

『涼代くんはまだ、中郷のことをなにも知らない』

ああ、野沢くん……。

『――知りたいだろ？　中郷のこと』

少し、わかった。

わかったよ、野沢くん。

自分でさえすっかり忘れていた出来事なのに、そのことを覚えてくれていただけでなく、こんなに温かな眼差《まなざ》しで自分を見ていてくれた人がこの世界にいたなんて――。

「……僕も、中郷くんのことが好きだよ」

自然と、告白が口から零れた。

恋なのかはわからない。けれど、ずっと憧れていた。


保健室ではなく医務室。しかも〝保健室の先生〟は養護教諭ではなく医師だった。

「祠堂学院も、お医者さんが保健室の先生なんだね」

「ということは学園も、保健室の先生はお医者さんなんですか？」

壱伊には意外であった。人里離れた山奥の全寮制の学校ならば医師が常駐しているのは理解できるし、いてくれると大変に心強い。が、学園は街なかにある高校だ。周囲に病院はいくらでもあるだろうし、救急車の到着にもそんなに時間はかからないに違いない。

診察の結果は、なんともない、であった。幸いにして擦り傷もほぼないに等しく、打ち付けた箇所が赤くなっていたけれど時間の経過と共に赤みが引き、元の色に戻っていた。

医務室から音楽室へ戻る道々、

「良かったです、なんともなくて」

壱伊は心からホッとする。

「さっき学院がどうとか心配してたけど、ぜんぜん気にしなくて、いいからね。自慢じゃないけど、僕はそそっかしいから、しょっちゅう、あちこちケガしてるんだ。サイズ違いの絆創膏《ばんそうこう》を、常に何枚も持ってるし」

「そうなんですか？　もしかしてメガネ、よく見えていないとか？」

「度は、合ってるよ。あと、メガネの縁のせいで視界が狭くなってる、とか、は、わかんないけど、ひどい乱視で、メガネしてても目測を誤りがちで」

「……なるほど」

壱伊は大きく納得して、「目測を誤るのか。なるほど、そういうことでしたか」

「あと、ちょっと、ズボラで」

面倒臭いと思うと少しでも手間を省きたくなって、「遠回りすれば安全なのに、障害物が多くてもつい近道を選んじゃう、とか。譜面台から楽譜をばらまくのは、よくやるし」

「ああ、それは、みんなやりますね」

「中郷くんも？」

「やります。楽譜を載せすぎて頭でっかちになっちゃって、ちょっとした弾みで、だだだーっと」

「……中郷くんも、面倒臭がり？」

「ですね。面倒臭がりだし、面倒臭いことはやりたくないです」

「楽器の手入れも、ホントはちょっと面倒臭いんだ。スライドの内側を拭くのが、特に」

言ってるそばから律が廊下の曲がり角に直進してゆく。

壱伊は繋いだ律の手をくっと引いて、律を手前に引き寄せた。

「……わ」

急に引かれて驚きつつ、律はようやく廊下の曲がり角に気づく。「わ。ぶつかるところだった。ありがとう、中郷くん」

視界の確保のために、メガネをやめてコンタクトにしたらどうですか？

と、ここは提案する場面だが、壱伊はそんな余計なことは言わない。

医務室を出て、誰もいない廊下、どちらからともなく手を繋ぎ、のんびりと（敢えて、とてもゆっくりと）音楽室に向かって歩いていた。

歩きながら、少しだけ、壱伊は律をエスコートする。

『……僕も、中郷くんのことが好きだよ』

でも――。と、続けた涼代律。

でも、の後にくるのは、（好きだけど）付き合えない。と、相場は決まっている。

言わせたくなかったから、壱伊は、

「なら、俺たち両思いですね！」

と強めに言って、律のセリフを遮った。そしてずんずんと脇目《わきめ》も振らずに律を医務室へ案内した。

そして、今。

好きだから、手を繋いでも嫌がられない。

引き寄せても嫌がられない。

それどころか、おどおどと喋《しゃべ》る律が落ち着いて言葉を紡いでいる。ようやく、壱伊とい
ても律が緊張しなくなった。

嬉しい。——なのに、この人は、自分と付き合うつもりがないのだ。

『涼代さん。俺たち、付き合いませんか？』

「自分から言い出しましたけど、……返事、今日中でなくていいです」

付き合いを断られるとしても、今日は嫌だ。

「え、そ、そしたら、……いつ？」

律の口調がおどおどする。

「せめて吹奏楽コンクールが終わるまで」

「……コンクールが？」

「か、できれば、文化祭が終わるまで」

「……文化祭？」

「あー、俺の、大学受験が終わるまで」

「え？　大学、受験？」

って、終わるの、いつ？

「それより涼代さん、俺、楽器を助けてもらったお礼がしたいです」

中山先生に律を診察してもらってる間に、医務室にトロンボーンの後輩が政貴からの伝言を持ってきた。

隅々までチェックしたが、問題はない。楽器は無事。と。

それを聞き壱伊もホッとしたけれど、律は壱伊よりも安堵した。

「お礼、とか、……そんなつもり、じゃ、なかっ、たし」

「いえ、させてください。俺にできることなら、なんでもします」

「……なんでも」

「はい。なんでも」

律はふと、考えて、

「そ、そしたら、一個だけ、叶《かな》えてもらいたいこと、が、あり、ます」

と申し出た。

自由曲の全体練習の途中で指揮が止まる。

あからさまに演奏がばらばらになった。

どう踏ん張っても曲をまとめることができなくて、指揮をしている生徒、二年生の成田晴斗は、困惑した表情を次第にうまく隠せなくなっていた。

しかも今日は見学者がいる。

音大に進学した野沢先輩と、音大の仲間である涼代さん。それから、滅多に部活に顔を出さない吹奏楽部の顧問と、顧問の音大時代の先輩で高校の吹奏楽部で顧問をしている女の先生。——娘の姉妹は（小学生の妹があのあと泣き出してしまったので）別の場所にいた父親と合流し三人で学食へアイスを食べに行っていた。

気まずい沈黙が流れる中、

「成田」

口を開いたのは部長の壱伊。

これまた珍しい、部長の発言である。

部員が一斉に壱伊を注目する。

「——はい！」

成田もバッと壱伊を見る。指揮棒を胸にぎゅっと握り締めて。

「逃げを打つなよ」

壱伊が続ける。「小賢《こざか》しいテクニックを使って、小賢しくまとめることばかりに傾注してるから、指揮のスケールがちいさいんだよ。そんなんじゃ、うちの部員のせっかくのポテンシャルが引き出せないだろ」

「……はい」

「たとえば、クライマックス手前の crescendo（cresc. ＝クレッシェンド）の入り、ピークの fff（フォルティッシシシモ）に向かって、スタートの音量は？　なんて楽譜に書かれている？」

「あ……、mp（メゾピアノ）……です」

「だよな。入りで成田が俺たちに指示したのは mp か？」

「……いえ」

成田は入りの直前で手のひらを下に向け、瞬時に音を抑える指示を出していた。

あるあるといえば、あるあるだ。

「cresc. の幅をより大きく聴かせるために、スタートの音を楽譜に書かれた指示よりちいさくする。そういうテクニックはあるにはあるが、要するに、ズルだろ？　出だしを pp（ピアニッシモ）にしたならば、ピークが ff（フォルティッシモ）程度でも、比較の効果で fff くらいに聴こえる」

「……はい」

「それ、逃げじゃないのか？」

「………逃げ……」

「成田、俺たちのポテンシャルを信じてないのか？」

「いえ！　それはないです！」

「だったら、成田が指示すべきなのは、mp からスタートして ff まで、きっちり cresc. するよう、俺たちを追い込むことだろ」

「…………」

「やれよ、指揮者」

「はい！」

成田はくっと顔を上げると、「で、では Segno（セーニョ）記号から最後まで。cresc. の入りは、mp をキープで」

と、指揮棒を構える。

指揮棒が振られた第一音から、それまでとはまるきり違う緊張感のある冴《さ》えた音が音楽室に鳴り響いた。

政貴が、目を丸くして、隣の律に、

「……どういうこと？」

練習の邪魔にならないよう小声で訊いた。

「……トロンボーンを、助けた、お礼、だよ」

律も、ちいさく返す。

「トロンボーン?」

政貴は訊き返し、「──あ」

と、合点した。


『──指揮って、誰がやってるの?』

『三年生の成田晴斗』

『……二年生』

それで少し、理解した。『先輩たちから舐められないよう、必要以上に構えちゃったりしてるのかな』

しかも三年生にはあの中郷壱伊がいる。

『大抜擢だったから、期待に応えようとものすごく張り切って、指揮についての勉強もして、それなりに自信が付いたのか三年生からこうした方がとアドバイスされても撥ね除けてしまって、結果、静かに拗れてね。表立って揉めてはいないけど、三年生は気に入らないと思ってるだろうね、成田を』

『生意気だって、こと?』

『聞く耳持たない態度がね』

『才能はあるんだよね？』

『ある』

『部長は、――な、中郷くんは？　なんて？』

『スルー』

『え⁉』

『笑えるだろ？　中郷、スルーしてるんだよ。まったく、部長なのに』

『なんでスルー？』

『もう子どもじゃないからって』

『……ええ？』

『まあ中郷らしいといえばらしいんだけど。基本、他人に関心ないからなあ』

『え……、でも、野沢くんのことは――』

『野沢先輩ウォッチャー中郷壱伊？　言うほどでもないよ、動物園でパンダを眺めているような感じだし。にしても、渡辺もテキトーな呼び名をつけるものだよね』

『あ、副部長だよね、渡辺くん。渡辺くんも、スルー？』

『渡辺は気にしてるけど、うまい解決策がみつけられずにいるんだよ』

『……そうなんだ』

『荒れているわけではないから、演奏は県大会進出を決められそうなくらいには仕上がっているんだけど、もう一押し向こう側へ、ぐいとブラッシュアップしたいのに、それがどうにもうまく行かなくてね。見ているこっちも歯痒くて』

まずは地区大会から県大会進出へ。県大会でもダメ金ではなく本物の金賞で勝ち抜いてその先へ駒を進める。そのために演奏のレベルを最低でも、もう一段階は上げたいのに。

『……そうか。ポテンシャルはあるのに、引き出せないとなると、もったいないね』

『だろう?』

政貴は得たりと笑い、『涼代くんならわかってくれると思っていたんだ。現場で、もしなにか閃いたら、ぜひとも力を貸してくれよ』

『……うん。僕に、できそうだったら』

『ありがとう。よろしく頼むね』

できそうだったら、などと律は謙遜するけれど、律の吹奏楽への愛も政貴とは別方向で深いものがある。政貴はとても吹奏楽を愛しているので同類にも敏感なのだ――。

「すごいな涼代くん……」

政貴は感嘆する。

あの中郷壱伊を動かした。

「そ、それにしても、やっぱり、中郷くんはすごいね。彼の一言で、こ、こんなに部員のモチベーションも、音も、がらりと変わるんだね」

中郷壱伊という存在の説得力と影響力の凄まじさ。

律は目を輝かせて、吹奏楽部の演奏に聴き入っている。


「――ホ、ホントは気になってるんだろ、指揮のこと」

午前中の課題曲の全体練習、壱伊は終始他人事《ひとごと》のような表情で、むっすりと成田晴斗の指揮を眺めていた。

成田が曲の組み立てにまごついても、誰も、何も、言わない。

ぎくしゃくとした空気。

すべてが指揮者に一任され、……公開処刑のようだった。

「気になってることがあるのに、黙ってるの、は、音楽に対して、不誠実だよ」

律の言葉に、壱伊は意外そうな顔をした。

「――不誠実？」

「僕に教えてくれたように、成田くんにも、教えてあげて」

「それが、涼代さんが俺に望む、お礼？」

「うん」

「……そんなことで、いいんですか？」

「ぜんぜんっ、ぜんぜん、そんなことじゃないよ？　僕は午前の全体練習のあいだずーっと、気を揉んでいたんだから」

政貴に頼まれたから、だけでなく、祠堂学院吹奏楽部の音楽が、部員同士の気持ちの歯車が嚙《か》み合《あ》わないことで清々《すがすが》しく演奏されていないことが、律には惜しくて惜しくてたまらなかったのだ。

スルーしているからといって、鋭い壱伊がなんにも気づいていないとか、問題点と改善策を見出《みいだ》していないとか、そんなはずはないだろう？

「……気になってる、こと、あるよね？」

もう一度、律が訊くと、

「まあ、ありますけど」

壱伊は不承不承、頷いた――。

「どうやって、頑固な中郷を、心変わりさせたのかい？」

政貴が訊く。こっそりと。

合格は不可能だと教師から志望校を変えるよう何度となく説得されても、ナカザト音響の跡取り息子として最善と信じる進路を頑として譲らない一面を持つ、中郷壱伊。たいていのことは気にしないし、こだわらないのに。

「トロンボーン、助けて良かった……」

メガネの奥の目を細め、嬉しそうに微笑む律に、

「ああ、そういうこと」

政貴も微笑む。

律へ謝罪するのに身なりまで整えたように、どこか義理堅い壱伊。

壱伊にならば、相当豪華なお礼を求めても、ふたつ返事で叶えてくれたであろうに。

「せっかくなら、メガネを買ってもらえば良かったのに」

政貴が冗談で言うと、

「あ。……ああ、そうだった、……メガネ……」

しまった。

時既に遅し。

だし、けど、でも——。

指揮に合わせて部員の気持ちが徐々に絡み合ってゆく。音楽がまとまりを見せてゆく。

そして、じんじんと底から迫力を増してゆく。

ああ。カッコいい。

やっぱり、あれで良かった。

この曲の真ん中には壱伊がいる。

そう、だから——。

この熱い演奏も、壱伊から律へ贈られたものなのだ。

待ち合わせは午後二時、場所は大学のカフェ。

八月もそろそろ終わりかけているのだが、相変わらず夏の日差しは容赦がない。できればキンキンにクーラーの効いた屋内で待っていたいのだが、見晴らしの良いテラス席は、相手からもこちらがよく見える場所なのである。

桜ノ宮坂音楽大学の、守衛が常駐している校門から入り、まっすぐ校舎群に向かって行く途中の左手に、大学ご自慢のカフェがある。

ここは飲み物だけでなくスイーツの評判が高い。とある高名なパティシエが名前を伏せてスイーツを提供しているからだ。未発表の試作品が紛れこんだり（客の反応を見られている）有能な弟子に作らせたり（修業の一環であろう）と、まあ、いろいろだが、利用者からすれば野心的だったり抜群に美味しいスイーツが格安で食べられる、天国のようなカフェである。

夏休みの大学は全講義休講でどこも閑散としているが、そこは音楽大学である、有料で時間貸しの練習室は平時と変わらぬ稼動率で毎日利用されていた。

夏休みにも帰省せず、練習を重ねる学生も多い。

律も、そのうちのひとりである。

さすがにカフェには空席が目立つ。校舎群の中にもレストランやカフェスペースがあるので、こんなに暑い日はわざわざ外のカフェにまで足を延ばすよりも、校舎内で済ませる学生が多い。

なので、テラス席を利用しているのは律ひとりきりであった。

おかげで人目は気にならないが、——緊張する。律は無意識にシャツの襟を直したり、髪形を整えたりする。

「こ、こういうときは、べ、勉強しよう」

苦手な音楽史のテキスト。テーブルに開いたものの、どうにも落ち着かなくてまったく文章が頭に入らない。頭どころか目にも映っていなかった。

ちらちらと校門の方を窺う。

校門の向こう側に見える車道、車の行き来は激しいが、校門からこちら側に人影はまったくなかった。

昨日、突然、政貴から連絡がきた。

「涼代くん、明日の午後、時間ある？」

「明日の午後？　もし、空きがあったら、練習室を借りて、トロンボーンの練習をしようかな、と」

「練習室の空きかー。学生課の予約表、明日は予約でいっぱいだった記憶が……」

「そ、そうなの、か」

「当日キャンセルが出るかもしれないし、絶対ではないけど、夏休みが終わりに近づくにつれて競争率が平時並みになってきて、練習室が借りにくくなるよね」

「……うん」

夏休み明けに再開される個人レッスンを前に、追い込みの練習を始める学生が増える、だけでなく、平時は不可能だが夏休み中はひとりで何時間も練習室が借りられるので、その合わせ技による弊害（？）である。

「さっき中郷から電話がかかってきて、明日の午前中、渡辺とT工業大の見学に行くことになったそうなんだ。その帰りに、桜ノ宮坂に寄ろうかと思いますって」

「えっ?」

中郷、の一言に律はドキリとする。「な、中郷、くん、と、渡辺くん? う、うちの大学も、見学、するって、こと? 音大に?」

「いやいや、前にうちの大学のカフェの話をしたことがあって、チャンスがあったら絶対に食べてみたいって意気込んでたんだけど、そうそうチャンスなんかないだろ? 明日はT工業大の卒業生で中郷んトコの社員が学校の案内をしてくれるらしいんだが、移動がその社員のクルマだから、見学の帰りに桜ノ宮坂まで送ってもらうことにしたらしい。まったく、ちゃっかりしてるよなあ中郷」

「や、え、それで、どうして、僕に?」

「中郷が、涼代くんに会いたいかと思って」

「……………!」

「付き合うかどうかは保留中でも、涼代くん、連絡先くらい教えてあげればいいのに」

政貴が笑う。「そうしたら、いちいち俺を間に挟まなくても——」

「で、でも、き、訊かれて、ない、から」

「え? そうなのかい? 意外だ。俺はてっきり涼代くんが、けじめとして教えてないのかと思ってた」

「なるほど。涼代くんではなくて、中郷が、中郷としてのけじめか。——なるほどなあ」

「け、じめ？　なの、かな？」

ふたりとも、ズルはあまり好きじゃないからなあ。

「な、中郷くん、は、野沢くんに、会えれば、それで、いいんじゃな、いかな」

「俺はただのダシだよ？　連絡係？　涼代さんは帰省してないんですか？って、短い会話の中で三回も確認されたからね。三回だよ、三回。あれは、遠回しに涼代くんを誘ってくれって意味だよね」

「そ、そう、かな」

「二時くらいにって約束したんだけど、ちょうど一時半まで練習室を借りてるんだ。三十分あるから、片付けてから鍵《かぎ》を学生課まで返しに行っても、二時までには楽勝でカフェに行けるとは思うんだけど、クルマの移動は時間が読めないから、少し早めの時間に、涼代くんにカフェでふたりを待っててもらえると助かるんだけどな」

「う、うん。……わかった」

「中郷には、カフェで涼代くんが待っていると伝えておくから」

それじゃと政貴が通話を切り——。

それからずっと、緊張していた。

ラフな服装が定番なので大学へは滅多に着てこない（なんなら演奏会のときくらいにし

か登場しない）襟付きのシャツ。昨夜もシャワーを浴びてから就寝したが、出掛けに、もう一度シャワーをしてきた。

緊張する。

頼みの綱の政貴がまだ現れない。

政貴は時間にとても正確なのだが、そろそろ二時になろうとしているのに現れる気配がなかった。

電話、してみようか。

いやさすがにせっかちか。

学生課の練習室の予約表の一覧に野沢の名前があったので、部屋まで行って確かめてはいないが政貴が練習室を時間どおりに借りているのは間違いないし、つまり、政貴が大学内にいるのは間違いない。だから、大丈夫。

待ち合わせは二時なのだし。

まだ時間、少し、あるし。

そんなこんなで音楽史にはまったく集中できないし、緊張を紛らわせるのに、律は注文したアイスティーをストローでちびりちびりと飲む。

と、校門にすらりとした人影がふたつ。

「……あ」

咄嗟に立ち上がり、かけて、慌てて座り直す。立って出迎えるのは、さすがにやりすぎであろう。

遠目だと、頭がちいさくて手足が長くて全体のバランスが抜群に良い壱伊のモデル体型がひときわ映える。落ち着いたルックスの綱大も間違いなくイケメンで、改めて祠堂学院のルックスレベルの高さは異常だなと律は思った。

学園にもいたけれど、律の一学年上に。聖域とまで呼ばれていた、とても静かに君臨していた祠堂学園生ご自慢の生徒会長の竹内均《たけうちひとし》先輩。学園には珍しい——そう、非常に偏差値の高い、超難関の大学にあっさりと現役合格した才色兼備の先輩である。

遠くカフェのテラスに律を見つけた壱伊が、

「涼代さんっ！」

大声で呼ぶと、ダッシュで駆けてきた。

瞬く間に到着し、汗だくで荒い呼吸を整えつつ、

「そ、それ、飲んでもいいですか？」

律のアイスティーを示す。

律が急いでグラスを差し出すと、

「いただきます！」

壱伊はストローで一気にアイスティーを飲んだ。

「ぁああっ！　イチ！　飲み切るな！　俺にも飲ませろ！」

遅れて到着した綱大の叫びに、グラスの底に二センチほど残したアイスティーを、

「しようがないなあツナ、特別だぞ」

グラスから素早くストローを抜いて、壱伊はもったいぶった動きで綱大へ渡す。

「えっらそーに」

綱大は横目で睨んで、「……いただきます」

律に挨拶をしてから残り僅かなアイスティーを呷《あお》る。

律はすかさず水の入ったグラスを、

「これ、まだ口つけてないから」

と綱大の前へ。

「ぉおおお！　ありがとうございます！」

そして綱大は水も一気に呷った。

「あれ？　野沢先輩は？」

周囲を見回して壱伊が訊く。

「も、もうじき、くる、と、思う、けど」

綱大はテラスからカフェの奥を覗き込み、

「中にもいない」

と、返す。

「涼代さん、外の方がいいですか？　それとも、中に入って野沢先輩を待ちますか？」

壱伊に訊かれ、びっしょり汗だくの壱伊と綱大とに、

「中、入ろう」

律は即答した。


夏休みなのでいつもは学生で込み合っている学生課のカウンターはがらがらで、中で仕事をしている事務などの大学職員も少人数であった。

「ありがとうございました」

と、借りていた練習室の鍵を戻し、壱伊たちとの待ち合わせ場所に向かうべく廊下を行きかけた政貴を呼び止めたのは、トロンボーン指導教授の榿原だった。

夏休みにはもちろん教授との個人レッスンも休みである。

「野沢くん、中郷くんのことはどうなっているのかな」

せっかちを絵に描いたような榿原は、特徴的な早口で、「大学《うち》のオープンキャンパスにも参加していなかったようだけど、どうなっているのかな」

どうなっているもなにも、そもそも壱伊が桜ノ宮坂のオープンキャンパスに参加するとは、言ってない。

「吹部、コンクール駄目だったんだよね？　なら、オープンキャンパスに参加しないと」

せっかちだけでなく、ずけずけと榧原が続ける。

コンクールが駄目だったなら、とか、簡単に言わないでもらいたい。彼らがどれほど悔しかったか、ダメ金という僅差《きんさ》で駒を進められなかったことが。――あれは多分、祠堂が実力で競り負けたわけではない。壱伊あたりはうっすらそれに気づいている。

だから余計に悔しいし、腹立たしい思いをしている。

「秋にも、体験《オープンキャンパス》、あるからさ。頼むね、今度こそ、頼んだよ野沢くん」

榧原はせっかちに言い置いて、せかせかと廊下を立ち去った。

……なんであそこまで必死に勧誘するのやら。

やれやれと肩を竦めようとしてハタと政貴は目が合った、学生課の壁に掲示を貼《は》り出《だ》していた女性と。

彼女はあからさまににやりと笑って、

「夏休みはどう？　野沢くん」

と、朗らかな声で尋ねた。

作曲科の教授はオーケストラの指揮も振るので、よく通る声の出し方を心得ている。

「……充実してます」

政貴が答えると、

「私が出した作曲の課題も順調？」

「いえ、順調、では、ないです」

「あ、そ。――ね、これ曲がってない？　ちょっとそっちからチェックしてくれる？」

彼女がきさくに続ける。

「右が少し、下がってます」

「右肩下がり？　やだ、不吉」

彼女は急いでピンを抜き、「ねえ、見てて。これでいい？」

高さを調整して留め直す。

政貴が受講している作曲科の渚《なぎさ》教授。下の名前とよく間違えられるが、名字が渚、名は秀美《ひでみ》。秀でて美しいとか、親は欲張りすぎている。と、豪快に笑い飛ばす、さっぱりとした気性の（典型的な美人ではないが個性的で魅力溢れる）女性である。

「ふむ、成功。ありがとう、野沢くん」

渚はからりと笑って、「夏休みの課題はさておき、夏休み前に提出してくれた編曲の課題、あれ、素晴らしかったわよ！　しかも音源付き！　しかも、――あれ、誰が吹いてるの？　トロンボーンだったけど、野沢くんではないわよね？」

「はい。俺は、あそこまでうまくはないです」

恥ずかしながら、政貴は正直に答える。

抜群に耳の良い渚教授。

「もしかして、ナカザトくん？」

「あ……、はい」

おまけに勘まで良いのである。「……聞こえてましたか？」

「あれだけ大声で話されたらね」

「中郷は、母校の吹部の後輩で」

「ってことは、あのウインド・アンサンブル《演奏》は野沢くんの後輩たち？」

「はい、そうです」

「上手ねえ！　音の冴えも、全体のバランスもとても良かったし。——コンクール、本当に駄目だったの？」

「駄目でした」

「そう。ライバルは多いものね、仕方ないか」

「……ですね」

曖昧に頷いた政貴へ、渚はひょいひょいと手招きして近くに寄せると、周囲には聞こえないちいさな声で、「野沢くんは、ぜんっぜん気にしなくていいから」

と、続けた。

「……はい？」

「榁原くん、自分の立場が危ういと、勝手に焦りに焦りまくっているのよ。ほら、交換留学、特別枠を井上教授の門下生が獲《と》ったでしょ？　あの狭き門を、しかも入学時にはまったく注目されていなかった学生をみるみる成長させて、まだ二年生だというのに、見事にくぐらせたから」

渚教授は井上教授の手腕を誉めているのだが、間接的に葉山託生を誉められたようで、政貴は嬉しくなる。

井上教授の愛弟子《まなでし》である葉山託生の高校の同級生で、トロンボーンを専攻している、現在は託生の親友、と、その井上教授から認識されている政貴。

ありがたいような、……さすがに親友は、申し訳ないような。

「何百年にひとりの天才バイオリニストであるだけでなく、指導力も天下一品と知らしめたわけだから。しかも井上教授、確か、野沢くんと同い年？　よね？」

「あ、はい」

そうなのだ。同い年、なのだ。

同い年で、片や教授。片や、教え子。

才能というのは非情である。

「今年二十歳になったばかりの若者でしょ？　片や橿原くん、三十代の後半だし。でも、比べる必要なんかないのにね。誰も比べてやしないのに、自意識過剰？　勝手に、なんとか手柄を立てようと、あっちこっちでいろいろと画策しているのよ。野沢くんのもそのひとつ。優秀な学生をどうにか自分の門下に入れて自分の実績にしたいだけだから、右から左に流していなさい」

渚はまたからりと笑う。

裏表もこだわりもない彼女の笑顔に、政貴は、これまで何度となく救われていた。

——才能というのは、非情である。

中郷壱伊のトロンボーンは本物だ。彼の演奏は、聴く人すべてを魅了する。もちろん努力の賜物《たまもの》である。だが、努力だけでは、ああは、なれない。

スタートラインの決定的な、違い。

それは、おそらく永遠に、越えられない。

「ねえ、こっちにいらっしゃいよ。もったいないわ、単位のためだけに作曲やるの」

渚による、何度めかの勧誘。「トロンボーンもいいけれど、私は、野沢くんの才能は、より、作曲や編曲にあると感じているのよ」

正直に言えば、政貴自身もそう感じていた。

トロンボーンは好きだし、トロンボーンの勉強は続けたい。が、自分の演奏は普通である。壱伊と比べるまでもなく、突き抜けたなにかがあるわけではない。

「そろそろ見切りをつけてもいい頃合いなんじゃない？　野沢くん。私はいつでもウエルカムだから」

渚はふふふと微笑んで、じゃあね、と、政貴へ手を振った。

エアコンの風が直撃しない席を選んで、涼しさにほっとしつつメニューを広げる。テラス席にも庇《ひさし》があるので直射日光に晒されるわけではないのだが、屋内のクーラーの涼しさは暑い日中には格別である。

カフェを利用している学生の数はいつもより少なめだが、壱伊と綱大が店内の少ない視線を一気に集めたことに、律は気づいた。

祠堂学院の学食で、生徒たちの視線を壱伊が集めていたように。

目立つなあ、ふたりとも。

しかも、ちょっと、スタッフも含め、店内の空気が浮ついている。

え？　芸能人？

誰かの呟きが聞こえた。

……わかる。

ここのカフェは基本的にはカウンターで注文し受け取ってから好きな席に座るのだが、たまに席でも注文を受け付けてくれる。――コーヒーの追加とか。

丸いテーブルと、スチール製の四つの椅子。律の隣に座った壱伊は、座ったまま重い椅子をずずずと律の近くへ寄せて、

「俺、アイスティー奢《おご》ります」

律へ言う。

顔が、近い。

思わず目を逸らした律へ、

「ケーキを全種類制覇しようと思ってるんですけど、それとは別に、涼代さん、なにか食べたいの、ありますか？」

「……いや、僕は、特には……」

ケーキは好きだが、今は、なにも入りそうにない。

ドキドキしている。――なんでそんなにぴったりこっちに寄るんだい？

気づくと、水の入った新しいグラスがテーブルに三つ、置かれていた。

カフェでアルバイトをしている女子学生が、にこにこしながら、

「オーダー、お決まりですか？」

と、訊く。

――とはいえ、呼びもしないのにオーダーを取りにきてくれることはない、のだ。待ち合わせの面子が揃っていない、と政貴の到着を待つことなく（こういうところも自由である、中郷壱伊）、その彼女があからさまに引くほどのケーキの大量オーダーを済ませた壱伊はたいそうご満悦の表情で、

「やっと念願が叶う」

と、破顔した。

「イチ、それでランチ少なめにしたんだな？　せっかく大学の学食で、灰嶋《はいじま》さんの奢りで選びたい放題だったのに」

「――大学！　そう、見学、したんだよね？　どうだった、ん、だい？」

律には工業大学はあまりに異世界で、様子の想像すらつかない。

「それがですね！」

なにもかもが興味深くて超絶面白かったと目を輝かせた綱大と、

「……まったく、わけがわからない」

と、溜《た》め息《いき》交じりの壱伊。「説明されて、構造はともかく、数字の話になった途端に、俺の脳が理解するのを拒否する……」

「閃き型？　感覚優先？　だもんな、イチは」

綱大が笑う。「センスの塊だから直感的にわかっていても、それを数式なりで説明するとなると、まったくダメダメだものな」

極めて些細《ささい》な音の違いを聴き分けられる鋭敏な耳と、解決するにはどうしたらいいかを導き出せる冴えた感性を持っているのに、それらを数学や工学的に説明することができない。置き換えが、できない。

単にまだ知識量が足りないせいか、もしくは各項目にブリッジがうまくかけられないタイプなのか、は、定かでないが。

「……絶対に越えられない壁のような気がしてきた」

「今頃か？」

綱大が噴き出す。「担任はとっくの昔に、イチにそう宣告してただろ？」

なあ中郷、得手不得手、向き不向き、適材適所って、わかるか？　と。

「でも俺、跡取り息子だし……」

はあああと溜め息をつく壱伊が、律には、だんだん愛《いと》しく思えてきた。

跡取り息子であることにこだわる壱伊。彼の親にしてみたら、なんといじらしい息子だろうか。だから大学は（むしろ）好きなところへ、と自由にさせてくれるのだろうか。

「い、いっそ渡辺くんに進学してもらって、ゆくゆく、ナカザト音響に、就職してもらえると、いいのに、ね」

律の冗談に、壱伊と綱大がハッとする。

そして、ふたり同時にハタと顔を見合わせた。

「──ツナ、あり？」

壱伊が訊くと、

「なくは、ない」

綱大が答える。「見学してみて、マジ、面白そうだった。これまで選択肢になかったけど、工業、いいかも」

「……マジで、ツナ？」

「泣くな、イチ」

「泣いてはいない。だが、……感激している」

「でもナカザト音響に就職したいかは、まだわからない」

「……だよなあ。ツナがうちで働いてくれたら、そりゃめっちゃ嬉しいけど、根本的な解決には、まったく、なって、なーいっ。それにツナより優秀な社員なら、既にいっぱい、いるーっ」

はあああ。と、またしても大きな溜め息。

進路を決めるのは誰にとっても悩ましい。

「……なにげに失礼な発言だな、イチ」

「俺、ツナと入れ替わりたい……」

「はあ? なに言っちゃってるんだ、イチ? 俺は嫌だぞ、ご免だぞ」

「アタマのナカミだけ、ごっそり。その優秀な脳みそを、俺に、プリーズ」

「別にイチのアタマは悪くはないだろ。てか、適性の問題だろ。適性。わかる?」

「わからない。俺は、その適性が欲しい……」

「はいはい」

駄目だこりゃ。と、綱大が顔を顰《しか》め、律に向けて顔の前で手を振って見せる。

律はつい、笑ってしまった。

親友っていいな、……いいなあ。

そこへオーダーしたケーキが運ばれてきた。通常は、ケーキ皿一枚につき一個ずつ盛り付けられているのだが、大きな白いお皿に何種類ものケーキがアドリブでアレンジされたデザートプレートが、それも二枚、たった二枚でテーブルが埋め尽くされた。

「……すっごい迫力」

綱大が唸《うな》る。

カフェにいる客がほぼ全員、目を点にしてこちらを見ている。

周囲の注目を一気に集めていることにまったく動じない壱伊のメンタルもアイドル並みだなと感心しつつ、

「な、中郷くん、……食べきれるの？」

さすがに心配になって律は訊く。

「楽勝です」

壱伊はにっこりと笑う。――絶世の美少年の笑みのキラキラに、律はまたしても目を逸らす。

「いっただっきまーす」

と、手を合わせ、「と、その前に」

壱伊はポケットからスマホを取り出した。

学院はスマホの使用は禁止だが、禁止されているのは校内での使用であって、校外ではその限りでない。

カシャカシャと何枚も角度を変え、椅子から立ち上がってまで壱伊がケーキの撮影をしていると、またしてもカフェがざわっとした。

皆の視線が入り口へ。

律も入り口を見て、――わたわたした。わたわたしなくてもまったくかまわないのに、わたわたしてしまった。

バイオリン科の学生が一斉に椅子から立ち上がり、次々に会釈《あいさつ》をする。

彼らに座るよう柔らかく手で制して、井上教授こと天才バイオリニストの井上佐智《さち》が、数人の外国の客人を案内してカフェに入ってきた。

皆につられて入り口へ、視線と共にスマホを向けた壱伊は流れでうっかりシャッターを切り、

「……え？」

と、固まった。

綱大も、入り口を振り返って固まっている。

壱伊の美貌《びぼう》を見慣れている綱大でさえ、茫然《ぼうぜん》と見惚れるその人物。性別不明な美しさだけでなく、大袈裟でなく向こうが透けて見えそうな透明感に、

「……人間？　天使？　どっち……？」

綱大は目を奪われる。

井上佐智。もちろん綱大も、彼の顔と名前くらいは知っている。クラシックに詳しいから、ではなく、綱大たちが入学する前の年に、恒例の学校行事である音楽鑑賞会でバイオリン演奏をしてくれたと、そのときの演奏の素晴らしさや様々なエピソードを先輩たちから得意げに散々聞かされていたからだ。

トロンボーン専攻の律と、バイオリン科の井上教授とは直接の接点はないのだが、井上教授といえば葉山託生の指導教授である。

件《くだん》の特別交換留学生として託生が渡航したニューヨーク、今月の中旬までが留学の期間

で、とっくに終わっているはずなのだが、託生はまだ日本へ帰国していなかった。

大学側の責任者のひとりでもあった井上教授は、既に帰国なさっていたのか。

ということはもしかして、ニューヨークで、大事な人と会えたのかな葉山くん。

なら、いいな。

会えていたら、いいな。

腰から下へ落ちるようにドスンと力無く椅子に座った壱伊は、固まった表情のままスマホの画面を二本の指で操作して、

「……やっぱりだ。アデル・ガイエだ」

と呟くと、バッと律を見て、「……涼代さん、アデル・ガイエです」

画面の、クローズアップさせた顔写真を差し出す。

スマホを持つ壱伊の手が小刻みに震えていた。──あの、と、きのように。

「え？　あで……？」

って、誰だ？

ここからだと井上教授の陰に座《な》っていてよく見えないのだが、ふっくらとした女性だった。天使の容貌《ようぼう》の井上教授は年齢不詳で、ここにいる誰よりも若く見えるし、老成しているようにも映る。なので井上教授を基準にしても彼女の年齢はまったく予想がつかないのだが、律の感覚からすると、五十代手前、くらいだろうか？

「……なんで……アデルが、ここに……？」

壱伊は画面を凝視する。

律は当然知っているというふうに壱伊がその名前を出したということは、彼女は、トロンボーン奏者なのだろうか？

だが律には、名前にも、容姿にも、記憶がない。

「涼代さん、もう覚えてないですか？　アデルのこと？」

尋ねる壱伊の手が、まだ小刻みに震えていた。

「――もう？」

ということは過去の人、ということか？　過去に活躍していたトロンボーン奏者？　だが五十代ならば、過去どころか現役真っ只中《ただなか》のはずである。

あれはフランス語だろうか。明るい声と表情で会話を弾ませている井上教授たちのテーブルに、冷たい飲み物が運ばれてきた。――って井上教授、フランス語も話せるのか！

「……うわ」

参ったな。とんでもないな。

「……くっそ、なんで俺、トロンボーン持ってきてないんだ」

心底から悔しそうに壱伊がこぼす。

――え？

それは、吹いて、聴いてもらいたいという意味か？

カフェではたまにストリート的に楽器を演奏する学生が現れるので、ここで演奏すること自体に問題はないし、

「も、もうじき野沢くん、くるはずだから、野沢くん、トロンボーン持ってきて、るし、借りられれば――」

政貴のトロンボーンはＦ管のついたテナーバストロンボーンだが、壱伊はテナートロンボーンだけでなくテナーバストロンボーンも吹きこなせるので、勝手は変わるが、この場でちょっと演奏するくらいならばまったく問題ないのではあるまいか。

「自分のじゃないとダメです。でないと、……伝わらない」

伝わらない？　――なにが？

落ち着きなくじれじれとしていた壱伊が、

「す、涼代さん、俺、挨拶に行ってもいいですか？」

真剣な表情で律に訊く。

国内外に多くの熱狂的なファンを持つ井上教授こと井上佐智が、大学で心置きなく教授職が務められるように、学生はむやみに接触してはならないというお達しが出ていた。なのでカフェでも、学生たちは立ち上がってその場で挨拶をしたのみなのだ。本当は声を掛けたいし話をしたいしなんなら質問もしたいし、要するに、お近づきになりたい。

普段なら絶対に止める。が、

「いいよ」

律は即答して椅子から立ち上がると、自分から言い出したものの、いざ了解されたならば途端に緊張し、臆《おく》してしまった壱伊の腕を、強く引っ張り上げた。

ぐいぐいと壱伊の腕を引き、

「井上教授、お話し中、大変に申し訳ありません」

律は深く一礼した。

案の定、あの学生なにしてくれてんだ！　の厳しい眼差しが律に集中する。だが、ここは退かない。

見知った顔に、井上教授が笑みを作り、

「涼代くん、おっかない顔をして、どうしたんだい？」

冗談めいた口調で尋ねた。そして、「葉山くんなら、まだ帰国していないよ？」

——な、名前、を、お、覚えられてっ、いたっ！

愛弟子の葉山託生の親友の野沢政貴と同門の涼代律。そして葉山託生とも仲が良い。という認識、なの、か？

「いえ、あの、僕ではなくて、この子」

律は壱伊を前へぐいと押し出して、「中郷くん、自己紹介して」

気後れしている壱伊の背中をパンと叩いた。

夢から覚めたように壱伊はピシリときをつけをして、

「中郷壱伊といいます。祠堂学院の三年生です。吹奏楽部でトロンボーンを吹いてます」

「……トロンボーン」

井上教授はそっと繰り返し、傍らの女性になにやら伝えた。

彼女の視線が、すっと壱伊へ向けられる。

それだけで、壱伊の両目から涙が溢れてぽろぽろと零《こぼ》れ落《お》ちた。

慌てたのはテーブルにいた大人全員。

井上教授は未開封のおしぼりを、わざわざ封を開けて、中身を壱伊へ差し出した。壱伊はありがたく受け取って、懸命に涙を拭いつつ、突如フランス語で話し始めた。

壱伊までフランス語が話せるのか⁉

驚く律。――そこから先は、残念ながら、彼らがどのような会話を交わしたのか律にはまったくわからなかった。

壱伊が泣きながら彼女に想いを伝え、やがて彼女が立ち上がり、壱伊を引き寄せハグをした。その彼女の目にもうっすらと涙が浮かんでいた。

だが、おかげで思い出した。

かなり前のことである。新進気鋭で将来を嘱望されていた三十代の美貌のトロンボーン奏者が、原因不明の難病で引退を余儀なくされた話を。

彼女の名前が、アデル・ガイエではなかったか?

年齢を重ねただけでなく、印象がかなり違っている。――よくわかったな、本人だと。

と、井上教授が椅子から立ち上がり、そこへ壱伊を座らせた。

アデル・ガイエにも座るように促して、座る席がなくなってしまった井上教授のために椅子を運ぼうとしたカフェのスタッフを手で制し、井上教授は律に向かって、

「きみたちの席、あそこだよね? すごいケーキの置かれてる」

と、楽しげに尋ねた。


政貴は、なにが起きているのか、まったく理解できなかった。

律と壱伊と綱大が政貴の合流を待っているはずのテーブルに、律と綱大と井上教授(!)が座っている。

この時点で、びっくりである。

壱伊はといえば、見知らぬ外国人に囲まれたテーブルで、たいそう快活に彼らと会話を交わしていた(しかも彼らのテーブルには二皿に盛られた大量のケーキが!)。

これ、自分は、どう動けばいいのかな？

迷っていると、

「野沢くん！　こっちこっち」

と、親しげに井上教授に呼ばれた。しかも、手招き。

周囲の学生たちの目が怖い。──というか突き刺さって痛い。

すみません、抜け駆けするつもりでは、すみません。

心の中で言い訳しつつ、四人席の空いている椅子に座る。

「……なにが起きているのでしょうか？」

政貴は井上教授に質問する。

「話すと長くなるから、ポイントだけかいつまむと──」

井上教授によれば。

国際的なピアニストで桜ノ宮坂音大のピアノ科の教授でもある京古野《みやこの》耀《あきら》の自宅（伊豆《いず》半島《はんとう》に隣接する小島である。それも設備の整った、豪華なリゾートアイランドのような自宅である）にバカンスに訪れていた客人の、帰国のタイミングに合わせて大学を案内することになり、カフェへは京古野教授に代わり（ちょうど時間が空いていたので）井上教授がアテンドしてきたのだそうだ。

客人とは、アデル・ガイエ。と、その家族。

名前を聞いて、政貴は思わず彼女の方を振り返った。

一時期、死亡説が囁《ささや》かれた、かつての名トロンボーン演奏家。

「長年の薬の副作用で雰囲気や体型が大きく変わってしまったそうだけれど、現在は日常生活にはまったく支障はないそうなんだ」

井上教授が言う。

「あの、彼女はもう、楽器は……？」

政貴が最も知りたいこと。——前のめりで彼らと話している壱伊。あんなに熱心に、あんなに嬉しそうに。

「現役復帰は難しいかもしれないけれど、でもね、埋もれさせるには惜しいよね、彼女の素晴らしい才能を」

井上教授はふふふと微笑み、——天使の微笑みに綱大はまたしてもくらりとしたが、それはさておき。

「実はね、リハビリも兼ねて、うちの大学で客員教授をしていただけませんか？　と京古野教授とふたりがかりで口説いている最中なんだ」

「——え」

律と政貴は揃って息を呑む。

「中郷くんは、アデル・ガイエの大ファンだったんだってね」

「はい、そうです」

政貴が即答する。

もちろんリアルタイムのファンではない。壱伊がトロンボーンを始めた頃には、彼女は既に闘病生活に入っていた。

律が初めて見た壱伊のコンクールでの映像、その演奏。

あの頃も、今も、そうか、壱伊の演奏の軽やかさが女性っぽいなと時々感じるのは、アデル・ガイエの影響を強く受けていたからなのか。

律は密かに納得する。

「自分はもう過去の人間で、誰も自分を知らないし、誰も自分を必要とはしていない。とアデルには断られっぱなしだったんだけど、そうしたら目の前に現れたんだよ、アデル・ガイエのテナートロンボーンに感銘を受けて、日本で一位を獲るまでに研鑽《けんさん》を重ねた少年が、奇跡のように」

井上教授が微笑む。

――テナートロンボーン⁉

律の耳はそこで止まった。

アデル・ガイエへのリスペクト！

そうか、だから、テナートロンボーンという選択だったのか！　だから、自分のトロンボーンでないとダメだったのか！

中郷壱伊の、深い想い——。

アデル・ガイエの近況を知り、フランス人の彼女に励ましの手紙を書きたくてフランス語の勉強を始めた。送ったファンレターは（情報が古かったせいなのか）宛《あ》て所に尋ねあたりなく戻ってきてしまったのだが、でもいつか、もし会えたら、自分のこの気持ちを自分の言葉で伝えたくて、フランス語の勉強はやめなかった。

でも、本当に会えるなんて、思ってなかった。

いつしかトロンボーンへの想いも落ち着いてきて、壱伊としては、充分にやりきったなと満足し始めていた。

だから高校では、別のことを始めてみようと思っていたし、大学も、違う道を進んでみようと思っていた。

アデル・ガイエと中郷壱伊。

「このマッチングって、奇跡だよね！」

井上教授は、テーブルの上で律と政貴の手を取ると、「ふたりには感謝してもしきれないよ。ありがとう、彼をここに連れてきてくれて」

アデル・ガイエの瞳に生気が戻った。輝きと、希望が。

「あー……」

うっかり、羨ましそうにそれを見詰めた綱大の視線に気づき、井上教授は綱大の手も引き寄せた。

三人の手に、手を重ね、

「人との縁は不思議だね。こんなふうに繋がってゆくなんて」

井上教授はしみじみと頷き、「つくづく、葉山くんを門下生にして良かったなあ」

と、子どものように笑った。


呼び出されたのは音楽準備室。

他校だが勝手知ったる校舎内を迷うことなく進んで、人気のないエリアへ、そして、狭い音楽準備室へ。

扉は開いたままで、そっと中を覗くとそこに、ひとりの少年が律の到着を待っていた。

初めて（生で、しかも間近で）見る、祠堂学院の制服姿の中郷壱伊。もう、もう超絶べらぼうにキレイカッコイイ！

このまま空間を切り取って、学校案内のパンフレットに掲載したいくらいだ。

だが、律には、

「に、似合うね、制服」

と誉めるのが精一杯であった。

承知の壱伊は、気持ちネクタイを直すポーズを取って、

「惚《ほ》れ直《なお》しましたか？」

などと訊く。

「ほ、惚れ直したけど、でも、付き合うかどうかは、別、だからね」

これまた精一杯の律の強がり。

九月最後の土日に行われる祠堂学院文化祭、二日目の日曜日、一般公開の日でもある。講堂ステージでの吹奏楽部の演奏を前にふたりきりで会いたいと、律は壱伊から（例によって政貴を介して）ここへ呼び出された。

久しぶりに顔を見て、それだけで充分惚れ直していたのだが、こんなにイケている制服姿とか、卑怯（？）である。

壱伊は律に歩み寄ると、

「一番最初に涼代さんに伝えたくて」

打って変わった真面目な表情で、「俺、もしかしたら桜ノ宮坂、受験する、かも、しれ

ません」

と言った。

「──え。T工業大は？　良いのかい？」

「良くはないです、正直まだ迷ってます。けど、だから、桜ノ宮坂、も、受験する、かもしれません」

「そうなんだ」

嬉しいような、……強烈なライバル登場でトロンボーン専攻の全員が煽《あお》られて、苛酷な状況になるのだろうな。でもやっぱり、嬉しいかな。

「もし桜ノ宮坂に受かったら、そしたら俺、晴れて涼代さんの後輩ですね！　涼代先輩って、呼びますね」

やけに嬉しそうに壱伊が続ける。

もしもなにも、中郷壱伊が落ちるわけないだろう。なんて野暮なことは、もちろん言わない。壱伊のことだ、AOも推薦もすっとばして一般で普通に受けるのだろうな。今だって涼代先輩と呼んだところでさしたる問題はないのに。との反論も、言わずにおく。これが壱伊なりのこだわりと承知していた。

中郷壱伊、相変わらず、おかしなところがきっちりしている。

「てか、ホントは俺、律さんって呼びたい」

「え——？」

律さん？

いきなり下の名前で、ですか？

「あ。律って、呼びたい。——律って呼んでもいいですか？」

呼び捨て⁉

「……ま、まだ付き合ってもいないのに？」

「なので俺のことは、中郷くん、でも、中郷、でも、壱伊くん、でもなく、壱伊って呼んでください」

「だから、まだ僕たち、付き合ってないよ？」

「付き合う前提で、許可してください」

「なんだい、それ」

わざとらしい真剣な表情でぐいぐい迫ってきた壱伊に、律は笑ってしまった。

近づく壱伊に、目を閉じる。

ゆっくりとした、柔らかくて、優しいキス。

「メガネかけてても、キス、ぜんぜん大丈夫ですよね」

壱伊はメガネのレンズ越しに律の目を覗き込み、——睫長いな、色っぽいな、と、胸の内だけで感想を述べる。

いつかちゃんと恋人同士になって、そしたら――。

壱伊はブレザーの胸ポケットからちいさな布の袋を取り出し、

「あと、これ、この前またうちの工場に遊びに行ったんですけど、そのときに灰嶋さんに指導してもらって作りました」

律の手のひらにのせる。

「これ、なに？」

「チタンのリングです。って言っても、工場で使ってるパイプ状のチタンの端っこを一センチくらいにカットして、角を滑らかに削って、レーザーで内側にイニシアル彫っただけですけど」

「指輪？」

律は驚く。

壱伊は袋からふたつの幅広のリングを律の手のひらへ滑らせた。

「なので大きさは同じなんですけど、んーと、こっちがR．S．で、こっちがI．N．だから、律はこっち」

許可していないのにいきなりの呼び捨て決定で、律はドキリとした。渡されたのはI．N．のリング。

「けっこう幅があるし、指にはめてるとトロンボーン吹くのに邪魔だったら、ペンダントトップとして使ってください、ねっ」

「――う。圧、弱めて」

「すみません」

壱伊はやや下がると、「俺、右の小指がジャストサイズでした」

と、律を見る。

「え……っと、つまり？」

無言で差し出された壱伊の右手の小指に、律は、R.S.のリングをはめた。工場の廃材を活用した子どもだましのようなリングなのに、律は、胸の奥がきゅんとした。

律の名前で壱伊の小指を縛っている。

ああ、この子は僕の、特別なのだ。


講堂をぎっしりと埋め尽くしている観客の凄まじい熱気。文化祭二日目の吹奏楽部のステージを目指して、近隣からこれでもかと女子高生たちが詰め掛けていた。

創部五年目にして県大会にて金賞の二位、支部大会初出場というのがまず快挙であったし、全国大会には進めなかったが支部大会でも金賞を獲ったことも、悔しさはさておき、大快挙であった。

ッキャアアアア！！！！

講堂を揺るがす、鼓膜が破れそうな女子たちの黄色い悲鳴。

「ナッカザットくーん！」

「イチイーッ！」

登場前からテンション爆上がりの観客たち。

――アイドルすぎる。

ギイ先輩なき（卒業?した）今、真行寺兼満先輩なき（卒業した）今、祠堂学院の絶対的アイドルは中郷壱伊である。

というか、モテている自覚があって、異常なモテをスルーせず、邪険にもせず照れもビビりもせずに普通に受け止め享受している、初めてのケースであった。

真性のアイドルタイプ。

「……鬼に金棒って感じだな、イチ」

「誉めてる、ツナ?」

「誉めてるし感心してるし、だが俺にはちょっと理解が、感覚が追いつかないよ」

友人に芸能人がいたのなら、こんな気分になるのだろうか。

「理解できなくても俺に追いつけ！　よーし、ステージで弾けるぞツナ！」

勇ましく右の拳《こぶし》を天へ突き上げた壱伊に、その小指にキラリと渋く輝く幅広のリングに、告白《プレゼント》が見事成功した部長の勢いに続けとばかり、

「かしこまり！」

綱大も気合を入れて、熱気渦巻くステージへ飛び出した。

中郷壱伊を好きでいる、ということ。それは、律のプライドに突き刺さる鋭い痛みを、常に受け入れなければならない、ということ。

耐えられるだろうか。

ずっと、続けられるのだろうか。

自信がないから、付き合うという答えを出せない。

それでも──。

──人は、ある恋を隠すことは、できないのだ。

あとがき

最後までおつきあいいただき、ありがとうございました。講談社X文庫ホワイトハートでは「はじめまして」となります、ごとうしのぶと申します。

過日ネット配信されました、多くの作家さんによる短編企画『Day to Day』の『アマビエより愛を込めて』にて、今回の文庫にさきがけて初登場いたしました祠堂《しどう》学園高等学校卒 桜《さくら》ノ宮坂《みやさか》音楽大学二年生で主人公の涼代律《すずしろりつ》と、祠堂学院高等学校三年生の中郷壱伊《なかざといちい》(他社某シリーズではまだ一年生でした)の物語です。

自分としては久しぶりの(やや)学園ものです。

今作には、他社某シリーズではお馴染みの顔触れがズラリと並んでおりますが、あちらからこちらへお引っ越ししたということではなく、こちらでも新たにスピンオフ的に展開できたら面白いかな、と思いまして、書かせていただきました。

自分は吹奏楽部には中学生時代に二年生から入部したのですが(一年生のときは別の部活に入っていました)とても面白かったので高校でも続けようと楽しみにしていたのですけれど、なんと、進学先に吹奏楽部がなかったというちょっとした絶望を味わった過去がありまして(笑)。いや、あるでしょ普通? 確認するまでもなくあるでしょ普通? というレベルですよね、高校の吹奏楽部って。
けっこうなマンモス高校で、文化部には演劇部やら書道部やら新聞部やら音楽部やら、ありとあらゆるものが揃《そろ》っているのによりによって吹奏楽部だけない。ないものはないし、おまけに卒業直後に新設されたという二重の衝撃！　在学時、ことあるごとに音楽の先生たちへ吹部《すいぶ》に入りたかったと切々と訴えていた成果（？）かもしれませんが、結実したのは卒業後というカナシミ。そのカナシミをエネルギーとし作品へと昇華させたので、大きくまとめて結果オーライかもしれません。なんちゃって。

イラストでトロンボーン（だけでなく楽器全般）を描くのはとても難しいのですが今回はなんとあの「山野楽器《やまのがっき》　ウインドクルー」さまにご協力をいただきまして、おおや和美《かずみ》先生にステキな彼らを描いていただきました。既に学園を卒業しているのに表紙の律が制服姿なのは、学院の制服姿の壱伊と、制服同士で並んでいるシーンをどうしても見たくてリクエストしたからです。「山野楽器」さま、おおや先生、ありがとうございました！
　そんなこんなで、他社からの初の試み、実は緊張しています。よろしければ、感想（や励まし）のお手紙などいただけますと、とてもとても嬉しいです。

ごとう しのぶ

『いばらの冠《かんむり》　ブラス・セッション・ラヴァーズ』、いかがでしたか？
ごとうしのぶ先生、イラストのおおや和美《かずみ》先生への、みなさまのお便りをお待ちしております。
ごとうしのぶ先生のファンレターのあて先
〒112-8001　東京都文京区音羽2-12-21　講談社　文芸第三出版部「ごとうしのぶ先生」係
おおや和美先生のファンレターのあて先
〒112-8001　東京都文京区音羽2-12-21　講談社　文芸第三出版部「おおや和美先生」係

N.D.C.913　190p　15cm

ごとう しのぶ

講談社X文庫

2月11日生まれ。水瓶座、B型。静岡県在住。ピアノ教師を経て小説家に。著作に「タクミくんシリーズ」「崎義一の優雅なる生活シリーズ」「カナデ、奏でます！シリーズ」などがある。

white heart

いばらの冠《かんむり》　ブラス・セッション・ラヴァーズ

ごとうしのぶ

●

2020年11月2日　第1刷発行

定価はカバーに表示してあります。

発行者――渡瀬昌彦
発行所――株式会社 講談社
東京都文京区音羽2-12-21 〒112-8001
電話 編集 03-5395-3507
販売 03-5395-5817
業務 03-5395-3615
本文印刷一豊国印刷株式会社
製本――株式会社国宝社
カバー印刷一半七写真印刷工業株式会社
本文データ制作一講談社デジタル製作
デザイン一山口　馨

ISBN978-4-06-521037-6

ホワイトハート最新刊

いばらの冠

ブラス・セッション・ラヴァーズ

ごとうしのぶ　絵／おおや和美

「俺たち、付き合いませんか？」祠堂学園OBで音大に通う涼代律は、兄弟校・祠堂学院吹奏楽部の指導にかり出される。しかし学院の三年生には、吹部の王子とも言うべき中郷壱伊がいて……？

VIP　接吻

高岡ミズミ　絵／沖　麻実也

貴方を忘れない。何度でも思い出す。思いがけない自動車事故の後遺症で、大切な記憶を失ってしまった久遠。ふたりが出会ってからの年月すべてをなくした久遠のそばで、和孝はひとり懊悩するが……。

ホワイトハート来月の予定（12月5日頃発売）

アザゼル　～緋の罪業～　欧州妖異譚25　…………篠原美季

※予定の作家、書名は変更になる場合があります。